贵州省铸牢中华民族共同体意识古籍整理出版书系编委会

编　　委：周　舟　王泉松　黄　荣　安　锐
　　　　　毛珏梅　岑　可
编　　务：杨小明　袁远连　龙小金　敖　翔
　　　　　梁　亮　王荣禄　杨通才　徐　娇

本书编委会

主　　编：郭文学
副 主 编：卢启国　卢国民
成　　员：（排名不分先后）
　　　　　龙云启　罗应赋　陈秀英　罗　英　李艳丽
　　　　　王立琪　李宪杰　陈满友　卢仲祥　李益芬
　　　　　罗凤麟　陈满富
收集整理：郭　渊

贵阳市乌当区民族宗教事务局、乌当区布依学会供稿

图片摄影：（排名不分先后）
　　　　　龚小勇　刘　萍　卢国民　余正发　胡晓蓉
　　　　　韩德贵　陈满富

布依族婚宴歌选

贵州省民族古籍整理办公室 编

郭 渊 / 收集整理

BUYIZU HUNYANGE XUAN

贵州出版集团
贵州民族出版社

图书在版编目（CIP）数据

布依族婚宴歌选/贵州省民族古籍整理办公室编；郭渊收集整理．－－贵阳：贵州民族出版社，2023.6
ISBN 978-7-5412-2784-4

Ⅰ.①布… Ⅱ.①贵… ②郭… Ⅲ.①布依族—颂歌—作品集—中国 Ⅳ.① I277.296.8

中国国家版本馆 CIP 数据核字 (2023) 第 074821 号

布依族婚宴歌选
BUYIZU HUNYANGE XUAN

贵州省民族古籍整理办公室　编　郭渊　收集整理

出版发行	贵州民族出版社
地　　址	贵阳市观山湖区会展东路贵州出版集团大楼
邮　　编	550081
印　　刷	浙江海虹彩色印务有限公司
开　　本	787mm×1092mm　1/16
字　　数	130 千字
印　　张	9.25
版　　次	2023 年 6 月第 1 版
印　　次	2023 年 6 月第 1 次印刷
书　　号	ISBN 978-7-5412-2784-4
定　　价	88.00 元

迎亲队伍

婚宴仪式

▶迎宾拦门酒

婚宴中的"栽花"仪式

迎客仪式

▲夜宴仪式

▶夜宴仪式

本书审稿会会场

参加审稿会人员观看布依族婚宴活动视频

参加审稿会人员合影

贵州省铸牢中华民族共同体意识古籍整理出版书系
总　序

贵州省铸牢中华民族共同体意识古籍整理出版书系（以下简称"书系"）是贵州省民族宗教事务委员会按照国家民族事务委员会在"十四五"期间统筹规划重点出版项目部署工作要求，结合贵州省实际，所确定的在"十四五"期间规划实施的一项重要的古籍整理出版工程。此项工程的实施，对于贵州省铸牢中华民族共同体意识、促进各民族交往交流交融、构建各民族共有精神家园、推进民族团结进步事业，具有重大的现实意义和深远的历史意义。

贵州是多民族聚居的省份，是百濮、百越、苗瑶、氐羌、汉民族五大族系汇聚之地。两千多年前，这里孕育了夜郎文化。从秦汉开始，历代王朝不断开发经营"西南夷"周边各地，各族群从四面八方向地广人稀的贵州山区流动，逐渐在贵州定居，形成了"大散居，小聚居"的分布特点。汉、苗、布依、侗、土家、彝、水、仡佬等18个世居民族在长期的历史发展进程中，不断交往交流交融，手足相亲，守望相助，共建家园，创造和积累了丰富多彩的历史文化，留下了卷帙浩繁的文献典籍和丰富多彩的口传古籍。据不完全统计，截至到2021年底，全省共搜集了苗族、布依族、侗族、土家族、彝族、仡佬族、水族、回族等少数民族的古籍资料50 000余册，其中包括若干孤本、珍本和善本。另有144部贵州少数民族古籍入选《国家珍贵古籍名录》。这些古籍从不同的角度记录了各民族的社会进程、历史走向和文化内涵，从不同侧面反映了各民族的文明成果、文化传承和气质风貌，是中华文化区域传承的历史记忆，是中华民族智慧与创造力的结晶，是我国多元一体的历史格局真实映射的重要区域例证。近年来，在广大少数民族古籍工作者的共同努力下，贵州少数民族古籍抢救、保护、搜集、整理、研究工作取得了重要进展，具备了打造"书系"的文本基础。

编纂出版"书系"，旨在坚持以习近平新时代中国特色社会主义思想为指导，深入学习贯彻习近平总书记关于加强和改进民族工作的重要思想、关于传承和弘扬中华优秀传统文化的重要论述、关于做好古籍工作的重要指示精神，以铸牢中华民族共同体意识为主线，坚持正确的中华民族历史观，坚持中华文化立场，以社会主义核心价值观为引领，推动各民族文化的保护传承和创新发展，增强各族群众对中华文化的认同，彰显"中华民族一家亲，同心共筑中国梦"的时代风貌，不断夯实铸牢中华民族共同体意识的贵州根基。

编纂出版"书系"，是围绕中华民族共同体基础理论和中华民族史研究，打造重点出版项目，扎实推进贵州省建设铸牢中华民族共同体意识模范省的一项重要举措。2022年4月中共中央办公厅、国务院办公厅印发的《关于推进新时代古籍工作的意见》中提出"推进古籍文献通代断代集成性整理出版，推动少数民族文字古籍文献整理研究和译介出版。深化古籍整理基础理论研究，总结在长期实践中形成的古籍整理理论和方法，完善我国古籍整理研究和出版范式，构建古籍整理出版理论研究体系"。贵州省民族宗教事务委员会印发的《贵州少数民族古籍工作"十四五"规划》中强调"提高少数民族古籍图书出版精品意识，围绕铸牢中华民族共同体意识古籍整理出版书系项目，整理出版一批蕴含铸牢中华民族共同体意识思想内涵的古籍精品图书"。根据中央精神和《贵州省少数民族古籍工作"十四五"规划》要求，贵州省民族宗教事务委员会将组织协调全省少数民族古籍工作队伍，重点搜集整理记载我省各民族共同开拓辽阔疆域、共同书写悠久历史、共同创造灿烂文化、共同培育伟大民族精神，体现休戚与共、荣辱与共、生死与共、命运与共的交往交流交融的少数民族古籍资料，以原本影印、翻译校注和阐释研究等形式整理编纂出版"书系",形成贵州省建设铸牢中华民族共同体意识模范省古籍史料体系。

"十四五"期间,贵州省民族宗教事务委员会将加强与各出版社、高校及科研院所合作,共同推进"书系"精品图书出版工作。把贵州的民族古籍瑰宝保护好、传承好、发展好,为赓续中华文脉、弘扬民族精神、增强国家文化软实力、全面建成社会主义现代化强国、实现中华民族伟大复兴做出应有的贡献。

贵州省民族古籍整理办公室

2022 年 5 月

序

周国茂

历史上的"黔中"指楚国黔中郡，其中心在今湖南。今天所说的黔中与历史上的"黔中"不是一回事，指的是贵州中部地区，大致说来，包括贵阳市、黔南布依族苗族自治州的都匀市、龙里县、贵定县、惠水县、长顺县，安顺市的平坝区、西秀区，毕节市的黔西市以及织金县等地。这一区域的布依族在文化上有一些共同的特征。比如，使用的语言同属于布依语的第二土语，服饰和部分习俗比较接近等。其中最为突出的是黔中布依族礼俗歌，歌曲内容十分丰富。婚宴歌，就是礼俗歌中的重要内容。

所谓礼，指的是"规定社会行为的法则、规范、仪式的总称"[①]。礼俗，则指礼仪习俗，也就是某个社会群体世代相沿袭的社会行为法则、规范和仪式，尤其是表现在婚、丧、新居落成以及社交等方面的规范和仪式。

礼是一种法则、规范或仪式，表现为礼都是按一定程序和规范来进行的，具有仪式特征。因此，人们通常把"礼"和"仪"连起来，于是就有了"礼仪"这样的说法。

每个民族都有礼仪，但不一定每一种礼仪都要唱歌。在布依族中，很多礼仪都要伴以歌唱，或者念诵韵语，歌（有曲调）和韵语（无曲调，但念诵之词有韵律）是礼俗的重要组成部分，尤其在黔中布依族礼俗中表现得更为突出。

婚宴歌作为礼俗歌中的重要内容，贯穿于男女青年相识、相恋，再

---

① 《辞源》修订本，北京：商务印书馆2004年版。

到婚姻缔结的各个环节。在择偶阶段，青年男女通过赶场、节日集会、送亲、做客等活动接触和认识，用对歌的方式对话交流。开始并不涉及情爱内容，待多次见面，加深了解后，彼此在多次对歌中产生爱慕之情，于是就互赠信物，然后男方家请媒人到女方家提亲，征求女方家的同意。女方家应允后，男方家便可择吉日到女方家定亲。之后，又进行"拿八字""合八字"等程序，如果男女双方"八字"合，就择吉日举行婚礼。每一个程序都伴随着礼俗歌演唱或韵语的念诵。到了婚礼阶段，仪式程序更多，礼俗歌演唱更是丰富和频繁。当迎亲队伍接新娘和送亲客来到男方寨门口，新郎家早已在寨门处或客人进寨的主要路口处摆上一张方桌，桌上放一张木方盘，方盘内有一壶酒和十二个小酒杯。客人来到寨门，主人家就端起方盘，在每个酒杯中斟上八分酒，端起唱敬酒歌，客人回唱，与男方家进行对歌。对唱几首后，客人将酒杯中的酒倒一点在地上，把其余的酒喝下，然后把酒杯放在方盘中。见客人喝下了酒，主家便把客人请进寨子。客人来到新郎家朝门外，朝门紧关着，客人得与主人请来的早就等候在朝门前的歌手对歌，待客人喝了主人敬的酒后，主人才打开朝门，把客人请进去。这两个程序叫"迎客"或"迎宾"。进新郎家后，要举行一个"交亲接奁"仪式，女方家送亲者把陪嫁物摆在堂屋中，请主人家来清点。之后，送亲者念诵一段韵语，唱一首歌。晚上宵夜前，在新郎家院坝中，主客有一场"迎风"礼仪，这一程序是主客双方互相对诵韵语，也饶有情趣。婚礼期间，在正席之日要杀一头猪，杀猪前也有一个仪式，先由主人端来方盘，盘内有酒杯、酒壶、红封，交给送亲客，由送亲客端到厨房，敬厨师酒，请师傅杀猪，一边敬酒一边唱歌。在宴席上，男女送亲客坐的桌上有两碗很特别的肉菜，表面看上去，一碗是切成片状的扣肉，那碗切成方墩的"墩子肉"，但实际上，送亲客都知道这两碗肉的特殊意义和作用。那碗没有蒸熟、需要切成片的墩子肉，是为送亲客而准备的；另一碗没有切断的扣肉，称"莲藕肉"，寓意夫妻婚后就像莲藕一样，感情越来越深，永远扯不断。送亲客要把两碗肉端到厨房，给厨师敬酒，唱歌感谢主人的盛情款待，赞美厨师的厨艺。

厨师以酒回敬送亲客，和送亲客歌手对唱，谦称菜做得不好，没什么招待，请客人多包涵等。然后把"墩子肉"蒸熟，切成片，送给送亲客吃。婚宴一般摆在院坝中，贵客从主人的堂屋中走出来就餐，在下梯坎时，要以男念诵韵语、女唱歌的方式祝福主人家；贵客来到席前，但桌旁只摆两张板凳，客人需要以同一方式念、唱一段以示祝福。唱罢，主人方才补送板凳来，客人才能坐下。宴席是以主家大门正中的梯坎为中轴，按男左女右摆桌。男女客人坐定后，男念诵安桌韵语，女唱安桌歌。之后，又以男念诵、女歌唱的形式念、唱《发筷词（歌）》《发壶词（歌）》《发杯词（歌）》《发碟词（歌）》《送调羹词（歌）》《送发烟袋词（歌）》等，主人方依次给每桌发送或补发筷子、酒壶、杯子、调羹、烟袋等。这些仪式都完成后，客人就可以开始喝酒、吃饭了。宾主在宴席就餐过程中，同欢共饮，以猜拳方式互相劝酒。规则是：双方猜拳，输方先喝一杯酒，再斟一杯酒交给赢方唱酒歌。酒歌以赢方猜中的拳数为题，赢方以歌祝贺输方，要输方再喝一杯。输方可以还对方的歌，但酒必须喝下去。晚上吃夜宵，也有一系列仪式，比如"合桌""发筷""发壶""发杯""发香""燃香""发烛""主客互相敬酒""主客盘根问古"等。每个环节都有相应的歌和韵语。

布依族礼俗歌都是在各种礼俗场合演唱的，因此其内容都与相应的礼俗有关。比如在迎接客人进寨门的仪式上，主人演唱的内容主要是对客人旅途的劳顿表示慰问，对客人的到来表示欢迎，而客人唱的歌主要是对主人的热情接待和深情厚谊表示感谢等。客人来到主人家朝门，也要举行一个迎客仪式，客人唱歌的内容主要是赞美主人家朝门修得好、房屋修得好，祝愿主人家荣华富贵，主人则自谦，请求客人见谅，不要见笑等。

除了与相应礼俗有关这一特点之外，礼俗歌的一项重要内容就是祝颂。

祝，就是祝福。这在礼俗韵语和歌中随处可见，如《客发烛词》：
…………

一家一同来发烛，
一发①东，福如东海在朝中。
二发南，子孙后代出状元。
三发西，金银财宝做银梯。
四发北，金银财宝从此得。
东西南北都发了，只有中堂还不得。
我今又来发中堂，富贵荣华大吉昌。
....

颂，即赞颂。在对唱中，主客双方在自谦的同时，尽力赞美对方。比如主客互相敬酒时唱的酒歌中有这么一段对唱，很能说明这一点。

主唱：
贵客来到我贱乡，三盘萝卜四盘姜；
桌子上面无美味，简慢贵客转回乡。
贵客来到我寒门，青菜白菜待客人；
桌子上面无美味，简慢贵客转回程。
客唱：
一张桌子四角方，张郎造下鲁班②装。
四角雕起银牙板，桌面刻有凤朝阳。
桌子上面明灯亮，照得堂屋闪金光。
高房瓦屋呈金亮，金银财宝堆满仓。
一盏金来二盏银，三盘美味四盘鱼。
五碟五碗香美味，六碟六碗桂花香。
七碟毛栗八碟豆，九碟萝卜拌砂糖。
....

第三方面的内容就是对礼俗活动中相关事物的"追根溯源"。这种"追根溯源"相当于讲述该项事物的起源神话。比如在宴席上"发壶"时，

---

① "发"，指"祝福"。下同。
② "张郎""鲁班"，人名，是传说中的木匠。

也有对"壶"的根源的追溯：

……………

壶瓶，壶瓶，本是金和银。

要到南京请金匠，要到北京请匠人。

要走东街买金子，要到西街去买银。

匠人材料已齐备，架起炉火打壶瓶。

三十二两来下火，七十二两来打成。

上面打起菠萝盖，下面打个凤凰身。

前面打个鹦哥嘴，后头打个把来斟。

……………①

这种"追根溯源"虽然不是完整的故事，但它的意图是说明仪式中相关事物的非凡性和神圣性，进而达到"使人们相信巫术的力量"和"证明信仰的真实"②的目的。

布依族礼俗歌中，还有涉及生产、历史和文化知识等的内容以及青年男女互相表达爱慕之情的内容等，这里不赘述。

黔中布依族礼俗歌通常用布依语和汉语两种语言演唱，每一种歌都有布依语作品和汉语作品。一般情况是老年歌手，特别是老年女歌手大多用布依语演唱，中青年尤其是青年人多用汉语演唱，这与黔中一带布依族中青年转用汉语的现实有关。据老年人回忆，四五十年前礼俗歌主要以布依语演唱为主，只有一些韵语和酒令等用汉语演唱。可以肯定的是，在明清以前，汉族还没有大规模迁入贵州，汉文化也没有大量传入布依族中，在这历史时期，礼俗歌都是用布依语演唱的。明清以后，布依族歌手逐渐借用包括语言在内的一些汉文化元素，形成了礼俗歌中布依语作品和汉语作品、布依族历史文化和汉族历史文化兼容并包的局面。

黔中布依族礼俗歌的演唱大多数情况下是集体对唱，只有在少数情

---

① 《清镇布依人》编辑组：《清镇布依人》，清镇市民族与宗教事务局、清镇市布依学会1999年编印；贵阳市乌当区民族宗教事务局：《乌当布依酒歌》，2005年版。

② 马林诺夫斯基：《巫术科学宗教与神话》，北京：中国民间文艺出版社1986年版。

况下由个人单独演唱或单独念诵，这体现了民俗的集体性特征。

　　礼俗歌作为民歌中的一个种类，与其他民歌在艺术特征上有着一定的共同点，比如赋、比、兴以及夸张手法的运用等。与此同时，作为布依族民歌，它又具有布依族韵文的一些独特性。

　　赋、比、兴是民歌中常用的艺术手法。这在黔中布依族礼俗歌中表现也十分突出。对赋、比、兴的解释说明，宋代的朱熹言："赋者，敷陈其事而直言者也。比者，以彼物比此物也。兴者，先言他物以引起所咏之辞也。"① 用今天的话来说，所谓赋，就是直接陈述事实或表达感情，比就是用比喻或比拟的方式形象地表现出来，兴就是以演说某一个事物为由头，转入想要言说的内容。在《敬厨师酒歌》中有这么两首对唱歌词：

主（厨师）唱：
厨房师傅不知情，贵客来到少接迎。
如今寒弟来赔礼，敬客双杯赔小心。

客唱：
端菜盘子四角方，七碟八碗摆中央。
多酒多肉客吃下，要把厨官美名扬。

　　主客都用直接陈述、直接表达情感的方式，属于"赋"的表现手法。在黔中布依族礼俗歌中"比"的手法也非常普遍。

　　除了赋、比、兴之外，夸张也是黔中布依族礼俗歌常用的手法。这些作品中的夸张有量的夸张和质的夸张两个方面。量的夸张指对物的数量或体积（包括容积）的夸大或缩小，质的夸张指对事物品质（质量）和地位的抬高或贬低。主客通过或缩小或放大的夸张，表达了主人的歉意或客人对主人盛情的感谢。而如果是把一般性的物品说成是贵重物品，或把品质好的东西贬成一般性的东西，就属于一种质的夸张。比如这一首歌：

你在你乡吃龙肉，来到我乡吃苞谷。
不是吃肥是走瘦，心中有苦说不出。

---

① 朱熹：《诗集传》。

这里的"龙肉"和"苞谷"说的都不是实情。龙肉本不存在,客人到主人家吃的也不一定是苞谷。主人唱这首歌,极力夸大客人在家和来到主人家里所吃食物品质的悬殊,也是为了表达"不成敬意"这么一层意思。

另外,布依族韵文中常用复沓、对仗和排比手法,这在黔中布依族礼俗歌中也有突出表现。所谓复沓,指结构和意义相同或相近,但个别词或句子不同的句子或段落的重复。前者属于句式的复沓,后者则是段式的复沓。对仗和排比实际上也是复沓的一种表现形式,但如果在一对复沓的句子中,上句和下句有的词构成对比和对照关系,一般就称为"对仗"了。排比则是两个以上句子的连续复沓。

布依族礼俗歌除了文化与艺术价值外,对于认识和了解布依族的民族性格、文化特性和跨文化传播等都有着重要的意义。首先,布依族礼俗歌充分反映了布依族的民族性格。都说布依族人只要会说话就会唱歌,的确是这样,无论在生产过程中还是在社会交往中,歌唱伴随着布依族人的一生。诗歌诗歌,诗和歌是一体的,《诗经》中有很多当时的民歌,但这部作品集没有命名为"歌经"而是叫"诗经"就是充分证明。布依族人在生产生活中人人都能以歌交流,以歌传情,充分体现了布依族是一个诗性的民族,以及布依族人乐观开朗,积极阳光的良好心态。其次,布依族礼俗歌反映了布依族人在待人接物上真诚、自谦和注重礼仪的性格特征。布依族待人真诚、谦虚、注重礼数,总是给予别人最好的赞美,自己则尽量低调,甚至"谦虚过度",这些都充分反映了布依族的民族性格。最后,反映了布依族文化的包容性。布依族礼俗歌是民俗文化,是流行于普通老百姓中的文化,但布依族礼俗歌中的诸多四书、五经文化元素却是汉族精英文化,这是一种很奇特的文化现象,这说明布依族文化是一个很具有包容性的文化系统。汉族文化从汉文化系统传播到布依族文化系统,汉族精英文化传播到布依族民间文化并与布依族民间文化紧密融合,这些都属于跨文化传播,为文化传播学提供了有价值的案例。

黔中各地礼俗歌有一定的地域性,但总体上大同小异。这部《布依族婚宴歌选》是根据流传于贵阳市乌当区黄连村婚宴歌整理而成的版本，基本上用汉语演唱，是汉文化与布依族文化高度融合的体现，具有一定的代表性。布依族从明代逐渐形成的汉语民歌（即所谓"明歌"）与布依语民歌并行的现象，是包括布依族在内的很多少数民族共有的文化现象。这些文化现象充分反映了我国各民族间交往交流交融的历史事实，是中华民族共同文化形成的活标本。今天，随着我国社会主义现代化建设的快速发展，民族非物质文化遗产的抢救和保护面临越来越严峻的挑战，《布依族婚宴歌选》的整理出版，为布依族非物质文化遗产的抢救和传承保护做出了积极贡献。在各民族共同团结奋斗、共同发展繁荣、铸牢中华民族共同体意识成为时代主旋律的今天，这项工作显得更加具有意义，值得点赞。

是为序。

（本文作者系贵州省布依学会副会长、贵阳市布依学研究会会长、贵阳学院教授）

前 言

　　布依族婚宴歌是黔中布依族在婚礼酒宴上说唱的祝词、赞词，它是布依族传统的礼俗歌。黔中布依族婚礼通常举行三天，每天要办几场盛大的宴席，宴席前后或在宴席上都有固定的仪式和完整的流程，除迎宾接客的礼仪外，晚上还要举行隆重热闹的"坐夜宴"。"坐夜宴"就是主人家陪同女方送亲的亲朋吃夜宵，由男女双方宾客共同围 T 形长桌而坐。双方对唱问答，以赞美对方、谦贬自己的形式开展对歌。喝酒唱歌，以歌助酒，通宵达旦。

　　布依族婚宴歌在黔中地区即布依语的第二土语区，包括贵阳市的乌当区、花溪区、清镇市以及安顺市的平坝区、西秀区，毕节市的织金县、黔西市和黔南布依族苗族自治州的都匀市、惠水县、长顺县等地的大部分地区以及独山县、平塘县的小部分布依族聚居地区流传甚广。这部《布依族婚宴歌选》收集于贵阳市乌当区羊昌镇黄连村。

　　婚宴歌由许多短歌组成，且每首短歌都是一道严格的礼节仪式，因此民间又将唱这些民歌的行为称为"行礼"。其内容主要有《贺朝门歌》《接风》《请客杀猪》《宾主闹宴宵》《谦词与赞词》《花歌》《谢主》等。从所采集到的婚宴歌中，可以看到举行这些仪式的具体程序。歌中语词丰富，音调多样，内涵深奥，讲究韵脚，引用《诗经》《论语》《尚书》等名句说唱或作对，把汉族儒家经典引入布依族婚宴歌。这充分说明，自明代开始，汉族文化就已经传入黔中布依族地区。明代开始，汉族向布依族地区大规模移民，特别是明王朝在布依族地区大量开设汉文学校，推行汉文化教育后，儒学在贵州兴起，汉文化在布依族地区传播更加广泛。由于贵阳较早作为省会城市，贵阳及周边县份成了贵州黔中地区政治、经济、文化中心，受汉文化影响自然最深。由于汉族精英文化的融入，黔中布依族学说汉语，学会用汉语来唱歌，使得布依族婚宴歌由唱"土歌"（用布依语演唱）慢慢改为唱"明歌"（用汉语演唱）的方式进行。中华人民共和国成立后，由于各民族间的交流日渐增多，布依族的"坐夜宴"基本上都是采用汉语演唱，但其程序不变。现在黔中布依族婚宴歌采用"土歌"演唱的方式已不多见，连采用"明歌"演唱夜宴的方式也处于失传的边缘。

布依族婚宴歌有五言、七言，句式有长有短，行数有多有少。短的四行，长的多达几十行，甚至上百行。歌词讲究对称与押韵，多用比喻、夸张、拟人、反复、对偶等修辞手法。语言生动，多用方言土语和口头语。从婚宴的整个过程来看，大多数情况下是集体对唱，少部分情况下由个人单独演唱或念诵。有的程序单独用布依语演唱，也有用布依语和汉语混合一起演唱。它的形式多样，说唱合一，多采用我国传统的民族调式，音级间跳跃不大，但曲调富于变换。在演唱过程中，根据不同的唱词用不同的唱腔与调式，常用"咿""呀""哟""嗬""喂"等音助调作辅助，多为大调式。

本书根据婚礼进行的先后顺序，将内容分为迎宾、正席、夜宴、元宝、放客五个篇章，每个篇章又由若干小节组成，呈现了婚礼的基本程序。黔中地区的婚宴歌，在程序上可能略有差异，基本内容随着历史的演变也会发生一些变化。因婚宴歌流传版本较多，本文选取了较为传统或典型的版本进行整理。

在收集整理中，根据古籍整理的原则，分段提行，施以新式标点。对记录中明显的脱衍讹误做了必要的校勘，对引用的内容大多做了注释，对于歌中使用的个别繁体字、通用字采取审慎的态度，尽量加上注释不做改动，以免走失原意。此外，为使读者能比较系统地了解黔中布依族民间传统婚礼的情况，我在歌谣之前做了一些简单的文字介绍，这些文字介绍都是在每个篇章的开头，以示对正文的引读。

另外，婚宴歌中有个别方言土语词，为保持歌谣的原貌，对这些土语词未做规范处理，而是加上了注释作说明，帮助读者理解。

郭　渊

2023年6月5日于贵阳

目 录

篇一 迎宾

第一章　贺朝门歌 ……………………………………………（003）
第二章　接风 …………………………………………………（005）

篇二 正席

第一章　交亲接查 ……………………………………………（017）
第二章　请客杀猪 ……………………………………………（019）
第三章　敬（谢）厨师酒 ……………………………………（021）
第四章　贺拳歌 ………………………………………………（027）

篇三 夜宴

第一章　宾主闹宵宴 …………………………………………（033）
第二章　安凳合桌 ……………………………………………（035）
第三章　发烛燃香 ……………………………………………（038）
第四章　发餐具酒具 …………………………………………（041）
第五章　谦辞与赞辞 …………………………………………（046）
第六章　寻根问源 ……………………………………………（056）
第七章　花歌 …………………………………………………（064）

第八章　起书房 …………………………………………………（074）
第九章　问字颂主人 ……………………………………………（079）
第十章　酒令 ……………………………………………………（085）

篇四　元宝

第一章　背小九九 ………………………………………………（099）
第二章　凑元宝 …………………………………………………（101）
第三章　呼百两 …………………………………………………（104）
第四章　拴宝脚 …………………………………………………（105）
第五章　打元宝 …………………………………………………（106）
第六章　送元宝 …………………………………………………（111）
第七章　贺元宝 …………………………………………………（115）
第八章　接元宝 …………………………………………………（116）
第九章　跑马拳 …………………………………………………（117）

篇五　放客

第一章　谢主 ……………………………………………………（121）
第二章　骑马词 …………………………………………………（122）

附：布依族婚礼长歌来历的传说 ………………………………（124）

后　记 ……………………………………………………………（127）

篇一　迎宾

第一章 贺朝门①歌

布依族的婚礼十分讲究，姑娘出嫁时，女家亲属要邀请八位男青年和八位女青年去送亲。当送亲队伍来到男家的朝门边时，男家亲属便把朝门关上，等送亲队伍唱完三首朝门歌、喝完朝门酒才能把朝门打开，让送亲队伍走进男家院坝②，进入家门。现在多是用一根竹竿（竹竿上系上红布）横着替代朝门，象征性地拦住送亲队伍。同样，当送亲队伍要离开男家时，也要唱朝门歌，但如今送客的朝门歌已不多见了。

客唱：

　　主家有道花朝门，朝门楼层高入云。
　　朝门好啊朝门真，坐在龙头人上人。
　　坐在龙头得官做，坐在龙腰出贵人。
　　大哥云南做知府，二哥北京做官人。③
　　只有三哥年纪小，留在家中读古文。
　　读得诗书通礼仪，身在朝中管万民。

主唱：

　　一进门来望见金，金银财宝亮晶晶。
　　这座朝门世少见，两根中柱龙缠身。
　　左边雕着金狮子，右边刻有玉麒麟。

---

① 朝门，布依族传统建筑的房屋前有一片院坝，围绕院坝修的围墙中开一道门，或箱房中又修的一道门，称"朝门"。
② "院坝"，方言，指房屋前的平地。
③ 这是一种比喻。下同。"做"即"当"。

大哥云南得官做,二哥赶考上京城。
只有三哥年纪小,留在家中管金银。
福禄寿喜多吉庆,荣华富贵万年春。

客唱:

我来讲给你们听,我来讲给大家听。
你来做客是"卯日"①,你来做客到"辰时"②。
来时坡上雾笼罩,雨天山冲露水好。
吃过早饭我就来,吃过早饭我就到。
这时走到主人家,此时来到亲戚家。
哪个修的朝门好?金丝镶边像汉门。
第一门用银链挂,第二门用金圈镶。
第一门画花蜻蜓,第二门画花蝴蝶。
朝门外像龙里城③,坝院门前种花树。
院坝里边好考文,朝门外边好考武。
匾额就像乌龟背,你家像那汴城内。
对联就像两条龙,你家像那皇帝宫。
这句话要这样说,这句话要这样讲。
敞开门让我们进,大伙让我们进去!

---

① "卯日",这里指代某天,不表示具体日子。
② "辰时",表示吃早饭的时间段,这里是倒装句。
③ "龙里城",指龙里县县城。

第二章　接风

男家亲属会把一张方桌置放于距离大门不远的院坝中，桌子上放一壶酒、两盘糕点、两盘瓜子、四杯酒，再邀请两个人穿上黄色长衫，站在堂屋里等候送亲队伍的到来。当送亲队伍进了朝门，在离桌子几米远的地方停住，派出两人来到桌前。男家代表上前行一个鞠躬礼后，女家代表亦上前一步行一个鞠躬礼，这样的行礼要进行三次。接着男家对送亲队伍诵接风词，送亲队伍回了男家的接风词后，从桌子的右边步入堂屋。路过桌边时，要把桌上酒杯里的酒都倾倒在地上，以示敬天地。进到堂屋后，要把放在堂屋里的酒斟在准备好的酒杯里，方可坐下。

主白：

　　子路闻之喜，①请客来见礼。

客白：

　　走了一冲②又一冲，走了一里③又一里。

　　走到青山贵府外，小弟无节又无礼。

主白：

　　小德川流，大德敦化。④

　　稀客到来，珍如露华。

---

①　出自《论语》："子曰：'道不行，乘桴浮于海，从我者其由与？'子路闻之喜，子曰：'由也好勇过我，无所取材。'"

②　冲，指山冲，方言，指三面环山的狭长平地。

③　里为市制长度单位，150丈等于1市里，约500米。

④　出自《中庸》："万物并育而不相害，道并行而不相悖。小德川流，大德敦化。此天地之所以为大也。"

客白：

　　小德川流，大德敦化。

　　登山涉水，情义无价。

主白：

　　节彼南山，维石岩岩。①

　　亲朋好友，难到此来。

客白：

　　赦小过，举贤才。②

　　三天来两回，抓紧时间来。

主白：

　　喜鹊门前叫一声，我在家中才知情。

　　打开窗子往外看，高亲③到来真稀罕！

　　真稀罕！

客白：

　　诚请先生，阶前接礼。

　　亲朋好友，水泊梁山④。

　　街坊邻里，都是弟兄。

　　你为仁兄，我为贤弟。

　　仁兄接驾，小弟不恭。

主白：

　　贵乡到这隔座山，贵乡到这路难行。

　　亲友难得到此来，亲友难得往回走。

客白：

　　一进天井四角方，迎宾先生听我讲。

---

　　① 出自《诗经·节南山》："节彼南山，维石岩岩。赫赫师尹，民具尔瞻。忧心如惔，不敢戏谈。国既卒斩，何用不监！"

　　② 出自《论语》："仲弓为季氏宰，问政。子曰：'先有司，赦小过，举贤才。'"

　　③ 高亲，即显贵的亲友。

　　④ 指的是《水浒传》里的"梁山泊起义"。

吾今身往芳草地，无须劳烦你惦记。

高楼瓦屋亲戚广，劳烦先生听我讲。

此家真是富贵家，三迎三让不敢当。

我如今在此奉揖，大家热情又善良。

主白：

桌上一个花酒瓶，主人让我来欢迎。

忽然举目往外望，望见亲友到寒门。

亲友骑在马背上，马儿四蹄往前行。

没有铺毡来结彩，琐事繁冗礼不周。

无人打马来迎接，望众亲友能宽宥！

客白：

用之则行，舍之则藏。①

闻听贵府备了酒，才会如此的慌忙。

主白：

鸢飞戾天，鱼跃于渊。②

亲戚到来，倒茶点烟。

客白：

鸢飞戾天，鱼跃于渊。

亲戚到此，不必倒茶。

亲戚来此，不必给烟。

主白：

袁公问政，文武之政。③

敢问先生贵姓？

---

① 出自《论语》："用之则行，舍之则藏，唯我与尔有是夫！"
② 出自《诗经·旱麓》："鸢飞戾天，鱼跃于渊。岂弟君子，遐不作人？"
③ 出自《中庸》："哀公问政。子曰：'文武之政，布在方策。其人存，则其政举；其人亡，则其政息……思知人，不可以不知天。'"

客白：

不偏之谓中，不易之谓庸。①

在下免贵姓洪。

主白：

窦燕山，有义方。②

请问先生来自何方？

客白：

窦燕山，有义方。

乃是贵州龙昌乡。

主白：

节彼南山，维石岩岩。

阁下是从旱路来还是从水路来？

旱路来，要过几十几道弯？

水路来，要过几十几个滩③？

客白：

赦小过，举贤才。

小弟旱路也走，水路也来。

旱路来，要过九十九道弯。

水路来，要过九十九个滩。

主白：

晚来窗下，黄卷青灯。

亲戚到来，有失远迎。

招待不周，莫要见怪。

客白：

柴也愚，参也鲁。④

---

① 北宋理学家程颐曰："不偏之谓中，不易之谓庸。中者，天下之正道，庸者，天下之定理。"
② 出自《三字经》："窦燕山，有义方。教五子，名俱扬。"
③ 滩，指河滩。
④ 出自《论语》："柴也愚，参也鲁，师也辟，由也喭。"

吾等到贵府，大哥来迎接，

　　二哥来作揖，三哥来倒茶。

　　恭喜！恭喜！

　　今日乃是鸿鸾天喜。

主白：

　　走了一程又一程，走了一里又一里。

　　请问先生排行第几？

客白：

　　伯夷叔齐，[①] 我是排行第一。

主白：

　　大学之道，在明明德。[②]

　　客官来到，少人迎接。

客白：

　　德之不修，学之不讲。[③]

　　来到贵府，礼不必讲。

主白：

　　手提一把鸳鸯瓶，主人请我过来迎。

　　一接天赐平安福，二接众亲进家门。

　　亲其亲，来时路途虽艰辛；

　　乐其乐，[④] 斟杯淡酒来解渴。

　　居上不宽，众亲友请莫见怪！

客白：

　　出则事公卿，[⑤] 贵府门前挂纱灯。

---

①　据《史记·伯夷叔齐传》及民间传说，伯夷、叔齐是商纣王时期孤竹国君的两个儿子，伯夷为兄，叔齐为弟。

②　出自《大学》："大学之道，在明明德，在亲民，在止于至善。"

③　出自《论语》："德之不修，学之不讲，闻义不能徙，不善不能改，是吾忧也。"

④　出自《大学》："君子贤其贤而亲其亲，小人乐其乐而利其利，此以没世不忘也。"

⑤　出自《论语》："出则事公卿，入则事父兄，丧事不敢不勉，不为酒困，何有于我哉。"

过则勿惮改,^① 贵府门前挂喜彩。

夫子之文章,^② 二位先生来迎接。

子路闻之喜,大家不必太讲礼。

主白:

昔时贤文,诲汝谆谆。^③

主家请我来迎宾,一无桌凳二无酒斟。

君子上达,^④ 宽宏笑纳。

客白:

迎宾先生,言语说得甚明。

常说六合^⑤,先生渊博。

小弟到此,不会讲来不会说。

主白:

远来高亲,来到寒舍。

路上风霜,骑马登程。

是以大学始教,^⑥ 礼数不周莫见笑!

莫见笑!

客白:

孔氏之遗书,而初学。^⑦

迎宾先生,面带喜色。

巧言令色,鲜矣仁。^⑧

高山阳雀远传名。

---

① 出自《论语》:"主忠信,无友不如己者,过,则勿惮改。"
② 出自《论语》:"夫子之文章,可得而闻也;夫子之言行与天道,不可得而闻也。"
③ 出自《增广贤文·上集》:"昔时贤文,诲汝谆谆。集韵增广,多见多闻。观今宜鉴古,无古不成今。"
④ 出自《论语》:"君子上达,小人下达。"
⑤ 六合,常用于指上下和四方,泛指天地或宇宙。
⑥ 出自《礼记》:"是以大学始教,必使学者既凡天下之物,莫不因其已知之理而益穷之,以求至乎其极。"
⑦ 出自《大学》:"大学,孔氏之遗书,而初学入德之门也。"
⑧ 出自《论语》:"子曰:'巧言令色,鲜矣仁。'"

客白：

  贵府高亲，愚弟到此。

  设席迎宾，使得先生。

  站在席前，劳碌操心。

  三里铺毡来迎，五里结彩来接。

  在此叨扰，告罪！告罪！

主白：

  远来高亲，贵客驾临。

  客人来此，路途难行。

  仁者安仁，知者利仁。①

  骑马坐轿，汗流涔涔。

  穿衣戴冠是高亲，招待不周是主人。

客白：

  承蒙先生，今已说得甚明。

  小弟来到贵府，又不敢表明。

  仁者安仁，知者利仁。

  劳烦先生，来回折腾。

主白：

  孙子谓季氏，八佾舞于庭。②

  高亲来到荒凉地，主家人少过来迎。

  笑容满面是高亲，怠慢无礼是主人。

  高亲到来还带锣，又会讲来又会说。

客白：

  礼仪之乡，百世流芳。

  贵府高亲，今按礼节。

  劳烦主人，实不敢当。

---

① 出自《论语》："不仁者不可以久处约，不可以长处乐。仁者安仁，知者利仁。"
② 出自《论语》："孔子谓季氏：'八佾舞于庭，是可忍也，孰不可忍也。'"

来到贵府，还要人帮。

主白：

桌子上面一酒瓶，主人请我过来迎。
主家红喜饮此酒，惊动贵亲到寒门。

客白：

迎宾先生来接风，有名有志站其中。
有名有志其中站，来匆匆也去匆匆。

主白：

二位先生好面容，好比金銮殿双龙。
先生模样有官相，鼻子尖尖大不同。
文章语言真流利，怪我小弟听不懂。
还请高亲，量大海涵。

客白：

如临深渊，如履薄冰。①
贵乡贵府，赫赫之名。

主白：

七月王母会八仙，请问先生走哪边？

客白：

一张桌子四角尖，不是左边是右边。

主白：

哥从哪里来？哥从贵乡来。
锣鼓一声响，惊动八仙来。
请坐下！请坐下！
小弟我装烟②又倒茶。

客白：

先生问我从哪儿来？我从贱乡来。

---

① 出自《诗经·小旻》："人知其一，莫知其他。战战兢兢，如临深渊，如履薄冰。"
② "装烟"，方言，即"给烟之意"。

来到贵地，主人好关怀。
　　大哥提壶来倒茶，二哥斟酒又装烟。
　　来到主家好热闹，小弟深觉太打扰。
　　话说不对，告罪！告罪！

主白：
　　日吉时良，天地开张。
　　高亲到此，大发其昌。
　　主人堂前多灰尘，又怕弄脏亲友们。
　　两张板凳三尺长，拉它过来摆两旁。
　　客位先生请坐下，回去莫把臭名扬。
　　地利天时，连理成枝。

客白：
　　吉日良辰，大好时光。
　　寒亲到此，大发其昌。
　　主人堂前亮堂堂，不会弄脏客衣裳。
　　主家仁义又谦厚，阳雀飞过永留芳。

篇二　正席

第一章　交亲接奁①

布依族的婚礼习俗，女方家要订制家具，准备服装、被子、床单、枕套、蚊帐、腰带、头巾、布鞋、鞋垫、袜子等作为女儿的嫁妆。婚礼当天，送亲队伍到男方家后，男方家鸣钟击磬、燃香点烛，并让接亲队伍请送亲队伍来"交亲"②。这时，男方家族中男女老少及邻居好友会到场观看，都想知道女方家陪嫁了哪些物品。

客白：

　　混沌初开，日月年长。
　　天长地久，地久天长。
　　亲公亲奶，亲爷亲娘。
　　堂中伯叔，三亲六戚。
　　亲姑母舅，月老大人。
　　光禄③大夫，请来见礼。④

客唱：

　　主家红喜闹洋洋，三亲六戚进喜堂。
　　人人观看我⑤行礼，先说吉言拜四方。

---

① "接奁"，指的是接嫁奁。嫁奁即为陪嫁的财物。
② "交亲"，就是送亲客把女方的陪嫁物品，一件件地清点后交给男家。
③ "光禄"，指光禄大夫，战国时置中大夫，汉武帝时始改称光禄大夫。
④ 这句指送亲客请男方家来接女方家送来的陪嫁物品。
⑤ "我"，指送亲客。

一拜亲公与亲奶,二拜邻里同街坊。
三拜冰人①贵君子,四拜光禄②在厨房。
若有亲朋未拜到,在此还请多海涵。
自今日拜过众亲,富贵荣华久久长。

---

① "冰人",指媒人。
② "光禄",指厨师。

第二章　请客杀猪

　　布依族婚礼大宴，主人家要宰杀两头猪来款待客人。第一头猪在客人到来之前宰杀，第二头猪要在正席日早上宰杀。正席日早上，主人在堂屋的神龛上燃香点烛，同时把杀猪凳安放在堂屋中间，杀猪凳前面放一个接猪血的盆，盆里放一把杀猪刀，并说："请客人们来杀猪。"这时，主人请两名迎宾客，一名迎宾客端着酒盘，盘内放上四杯酒；另一名迎宾客端着酒壶，送到客人的住处。客人提起酒壶，一路唱着歌来到堂屋，给杀猪的厨师敬酒。

客唱：

　　三皇五帝镇乾坤，杀猪招待前人兴。
　　不是今朝我推辞，理当是由主人行。
　　混沌初开，日月长久。
　　双手端起四方盘，盘内盛有四杯酒。
　　美酒扑鼻甜又香，造酒原来是杜康[①]。
　　杜康先师造美酒，造的美酒家家有。
　　款待亲戚和朋友，叔侄弟兄无礼仪。
　　不会斟酒不会讲，转请厨官帮个忙。

[①] "杜康"，人名，是传说中的造酒师。

客唱：

一把钢刀亮如银，摆在堂中亮锃锃。

多谢主家红喜酒，准备杀猪待客人。

张铁匠来①李铁匠，打把钢刀柳叶样。

今朝待客皆为亲，麻烦厨师费苦心。

主家杀猪已完毕，满堂红喜是大吉。

---

① "来"，没有实际意义，相当于"呀"，只起句子的搭配作用。下同。

第三章　敬（谢）厨师酒

敬厨师：布依族婚礼，宴会过半，客人端着托盘（盘内放有酒壶、酒杯、红封等）到厨房答谢厨师。客人要一边唱、一边慢慢地向厨房走去。此时厨师待在厨房不出来，只能远远地和客人对唱。当客人走进厨房，方可正式向厨师敬酒。厨师不仅要与客人对唱，还要回敬客人的酒。唱歌、敬酒完毕，客人把托盘交给厨师后方可离开。

谢厨师：酒至半酣，女送亲客把"莲藕肉"（厨师专门为送亲客准备的两碗蒸肉，肉不切断）转送到男送亲客席上，客人将两碗"莲藕肉"放于盘内，用毛巾盖上，毛巾四角分别用斟有半杯酒的酒杯压上，四面各放两支烟。男送亲客三人端盘提壶离席，一边唱歌一边慢慢地走向厨房感谢厨师。厨师收下"莲藕肉"、毛巾和香烟后，将两碗"莲藕肉"切断、蒸熟后重新送到男女送亲客席上。

客唱：

　　　　小弟过来太匆忙，无礼无节请海涵。
　　　　叔侄兄弟无礼仪，敬你师傅酒一盏。
　　　　喜盈盈来闹盈盈，厨官师傅坐哪城？
　　　　厨官师傅坐哪里？你在哪里吱个声[①]。

厨师唱：

　　　　这位小哥好声音，小弟赶忙过来迎。
　　　　请问哥哥什么事？吓得小弟战兢兢。

[①] "吱个声"，方言，指说话、言语一声。

客唱：

走了一程又一程，来看厨官坐哪城。
想知光禄哪城坐，拜望光禄老大人。

厨师唱：

外面来的什么人？何事外面闹腾腾？
有何贵事要来找？请你把话说分明。

客唱：

我是远方来的客，走到你乡天已黑。
今日主家红喜酒，绕山绕水赶餐饭。

厨师唱：

你在外面闹腾腾，小弟家中听不清。
有何贵事要来找？一二三四说分明。

客唱：

喜洋洋来闹洋洋，厨官师傅坐哪方？
龙肉凤肉切不断，转请厨官帮个忙。

厨师唱：

厨官师傅不在家，明月长空落彩霞。
要等三天和两夜，等他回来再回答。

客唱：

喜盈盈来闹盈盈，厨官师傅坐哪城？
龙肉凤肉切不断，要请厨官费苦心。

厨师唱：

厨官师傅不在城，月落西山望花林。
再等三天和两夜，等他回来说分明。

客唱：

汤之盘铭[①]日在前，四盘八碗摆中间。

---

① 出自《大学》："汤之盘铭曰：'苟日新，日日新，又日新。'"

龙肉凤肉切不断，要请厨官费心剪。

厨师唱：
　　喜洋洋来闹洋洋，厨官师傅在灶旁。
　　有何贵事要来找？请你进来再商量。

客唱：
　　探望贵府老先生，不知礼节心生惭。
　　若是有人失了礼，恳请先生多海涵。

厨师唱：
　　急急忙忙把门开，迎接贵客快进来。
　　少茶无水没准备，来到厨中无安排。

客唱：
　　天天杀猪待客人，厨官师傅费苦心。
　　好酒好肉来招待，转回家中传美名。

厨师唱：
　　厨官师傅不高强，拿起菜刀急又忙。
　　碗中藕断丝不断，怪我菜刀没安钢。

客唱：
　　喜洋洋来闹洋洋，厨官师傅手段强。
　　龙肉凤肉切不断，手拿菜刀心不慌。

厨师唱：
　　你进堂中闹腾腾，讲得清来说得明。
　　口里文章说得好，在下才短不敢应。

客唱：
　　你一端来我一端，此时说笑众人欢。
　　这碗龙肉切不断，端进厨房请厨官。

厨师唱：
　　汤之盘铭曰在先，切不断往厨房端。
　　切不断来请端去，端去厨房请厨官。

客唱：
  小弟走到对门坡，闻得主家香油锅。
  人人说是炒萝卜，谁知炒鸡又炒鹅。

厨师唱：
  左也难来右也难，一个萝卜摆三盘。
  亲戚来到多耻笑，怪我家境真贫寒。

客唱：
  小弟走到对门岗，听见砧板响哐当。
  人人说是切萝卜，哪知杀猪办席忙。

厨师唱：
  我家穷来真闹心，杀头猪来几十斤。
  装在碗中也不满，拿到席上害羞人。

客唱：
  三亲六戚到你家，富贵双全享荣华。
  正席满盘都摆有，千般美味不叫差。

厨师唱：
  主家酉时席未摆，席上无酒又无菜。
  来到寒门多怠慢，众位厨官忙不开。

客唱：
  理应申时才开摆，小弟走到贵府来。
  小弟提壶来斟酒，众位厨官放宽怀。

厨师唱：
  喜洋洋来闹洋洋，厨官师傅坐厨房。
  既然你说肉未断，为何不端进厨房？

客唱：
  人皆谓我见厨王，如孟子见梁惠王。
  今朝切肉丝不断，夫子叫我不要尝。

厨师唱：

　　厨官小弟不高明，人多地窄乱纷纷。
　　碗中藕断丝不断，一碗素菜待客人。

客唱：

　　厨官师傅坐厨城，切肉炒菜手艺能。
　　手拿菜刀叮咚响，切起龙肉笼上蒸。

厨师唱：

　　贵乡走到贱乡来，来到贱乡怠慢亲。
　　怪我家中真清贫，没有好菜待客人。

客唱：

　　一进堂中观四方，你在厨房念文章。
　　口头文章说得好，小弟回家把名扬。

厨师唱：

　　你在堂中闹忧忧，我在厨房听分明。
　　少茶无酒多怠慢，转回家中莫骂名。

客唱：

　　走了一程又一程，不觉走到厨房门。
　　不觉走到厨房内，看见厨官是高人。

厨师唱：

　　竹子生来节节高，嫩竹还要笋叶包。
　　小弟哪里做不对，还要望你客人教。

客唱：

　　喜盈盈来闹盈盈，厨官师傅手艺能。
　　三亲六戚皆靠你，没有厨官吃不成。

厨师唱：

　　一张桌子四角方，三碗萝卜四碗汤。
　　端到席前莫见笑，怠慢亲戚望见谅。

客唱：

　　厨官师傅费苦心，熬更守夜为我们。
　　熬更守夜为客人，转回家中扬美名。

厨师唱：

　　众位客人要起身，今年雨水不均匀。
　　来到家中怠慢你，请你回家莫骂人。

客唱：

　　一对金杯白如银，摆在盘中亮锃锃。
　　借花献佛双杯酒，不成礼仪敬你们。

厨师唱：

　　众位亲戚请移步，双手端着两酒杯。
　　敬你厨官清淡酒，回去小弟才快慰。

客唱：

　　厨官师傅心宽怀，为我走进厨房来。
　　小弟喝了这杯酒，恭贺主人发大财。

第四章　贺拳歌

在婚宴仪式中，要进行猜拳助兴。在猜拳中，不论哪一方猜中，被猜中方（即输方）除要喝中拳酒外，还要喝贺拳酒。喝贺拳酒有一个原则，即猜中方要给被猜中方斟一杯酒，被猜中方喝下酒后要唱贺拳歌。贺拳歌的唱法是有规矩的，猜拳时猜中数字几，就要唱数字几开头的七言句。比如猜中"三"，就要唱"三"开头的七言句，如"三星本是日月星"等。

主唱：

一心敬你双杯酒，桂花美酒却没有。
提壶再斟酒一杯，淡酒不会醉亲友。
二龙戏珠起水花，淡酒来自主人家。
两人划拳心快乐，抬头想拳笑呵呵。
三杯酒来是三星①，你是天官赐福人。
赫赫一时登龙位，如切如磋②进朝廷。
四季长虹发大财，好运财运滚滚来。
文人本是曲星渡，春秋礼仪学制度。
五子登科五殿楼，金榜题名前世修。
祝贺客人这杯酒，来年更上一层楼。
六拳酒来清幽幽，斟在杯中才罢休。
你今饮了这杯酒，美酒一醉解千愁。

---

① "三星"，指福、禄、寿三福神，是中国民间信仰的三位神仙，象征幸福、吉利、长寿。
② 出自《诗经·淇奥》："有匪君子，如切如磋，如琢如磨。"

七拳香酒斟起来，筛中美酒放银台。
你今喝了这杯酒，贵客秋去春又来。
八拳酒来八仙寿，两人出拳把数凑。
你划八匹骏马跑，我划五子把官做。
九拳九月菊花酒，荣华富贵大家有。
劝君快把美酒饮，感谢众亲来光临。
十拳酒来杯杯红，我俩有缘来相逢。
两人共饮双杯酒，山一更来水一更。

客唱：

独占鳌头一枝花，同席不分你我他。
松竹红梅为三友，琴棋书画是一家。
二喜临门喜相逢，两朵牡丹红彤彤。
乃是亲戚来庆贺，双福双寿喜重重。
三星本是日月星，四时雨露四时春。
头等贤德忠和孝，仁义礼智信要遵。
四季如春红似花，吹箫饮酒在主家。
亲敬亲来戚敬戚，饮酒乐趣笑哈哈。
五子登科五状元，儿孙代代出英贤。
一品当朝为宰相，世代皇恩福寿全。
六合同春①又同心，主家钱财年年增。
高官厚禄你家有，又有仁义值千金。
七子团圆一条心，中举又是你郎君。
国泰民安家家乐，利国利家又利身。
八仙庆寿八百春，长生不老是老君。
古有彭祖八百岁，寿比南山是我们。
九快发财千百万，富贵荣华快快来。

---

① "六合同春"，又名"鹿鹤同春"，古代汉族寓意祥纹之一。"六合"指天地和东西南北四方，亦泛指天下。六合同春便是天下皆春、万物欣欣向荣。

同唱欢歌同饮酒,亲戚来往不能拆。
全家福禄寿喜全,十有九子中状元。
举起美酒吞下去,主人富贵万万年。
金银财宝堆满屋,人人都说你有福。
借花献佛敬杯酒,日后福上又加富。

主唱:

一杯酒来满满斟,不敬客人敬何人?
客人喝了这杯酒,大家同席笑盈盈。
二杯酒来装进盅,倒进坛子不通风。
红纸盖坛酒味浓,有菜无菜饮双盅。
三杯酒来三桃源①,福在后头苦在前。
杯中淡酒麦子做,好坏请君划两拳。
四杯酒来送雁群,杯杯都敬有名人。
表哥朝中得官做,四海扬名到我村。
五杯酒来五登科,主家有酒却不多。
斟杯淡酒来敬你,怠慢亲朋不好说。
六杯淡酒细品尝,只有萝卜青菜汤。
席上没有肉和酒,怠慢亲戚回到乡。
七杯酒来汗涔涔,萝卜豆腐招待人。
汤汤水水席上摆,下回莫嫌还要来。
八方来财敬弟兄,大家同席闹哄哄。
今天劝你喝杯酒,不知哪时才相逢。
久长久远发大财,哥是金星下凡来。
今日弟兄来相会,机会难得很珍贵。
十杯酒来福满门,哥是财星下凡尘。
亲朋好友来相会,多多少少饮一杯。

---

① "桃源",也有用"桃园"的。

客唱：

一杯酒来满满流，高房瓦屋转角楼。
房上盖起玻璃瓦，一对狮子滚绣球。
二杯酒来似梅花，双凤朝阳在你家。
双龙戏珠生贵子，个个出来戴乌纱。
三杯酒来是三星，你有意来我有心。
你说钱财如粪土，我说仁义值千金。
四杯酒来四季红，主家富贵出英雄。
英雄还要贤德配，同席饮酒闹春风。
五杯酒来五金魁，席上燕窝加人参。
正席满桌样样有，心也乐来情意深。
六合同春一枝花，同桌喝酒乐开花。
松竹与梅为三友，琴棋相配是一家。
七朵金花满江红，朱陈合好喜相逢。
秦晋两国成婚配，喜结良缘第一功。
八杯美酒百花开，要喝美酒把花栽。
栽花酿酒虽容易，醉酒之人莫忘记。
九杯酒来九仙桃，缸缸美酒主人酿。
我从仙人桥上过，又见海水浪滔滔。
十杯美酒小阳春，主家酿酒迎亲人。
有人来到府中坐，频频举杯敬客人。
自古办酒知多少？只有你家办得好。

篇三　夜宴

第一章　宾主闹宵宴

　　许多布依族地区的婚礼晚上都有"坐夜宴"的习俗。送亲队伍来到男方家，按习俗，男方家晚上要准备夜宵款待一行人。参与的人有主人、接亲的人及送亲的宾客。子时，在男方家的堂屋里举行"坐夜宴"。屋内，男方家将三张大八仙桌横排连在一起，大桌前用三张小八仙桌连成T形，桌上分别摆有酒、菜等食物。T形桌的周围还要摆上板凳，大八仙桌横队称"上八府"，配高板凳，是男宾、主之席位；小八仙桌纵队称"下八府"，配矮板凳，是女宾、主的席位。宾、主围T形桌而坐，双方应答轮唱、猜拳行令、拆字吟诗、饮茶食夜宵。宴会上的气氛异常热烈，席间觥筹交错，宾、主尽欢。布依族人称这一习俗为"坐夜宴"。通过"坐夜宴"，表达主家对客人的欢迎、客人对主家的祝福，既是礼俗的推崇，更是双方斗智斗勇的娱乐较量。

主唱：

　　正月闹元宵，二月花香飘。
　　三月是清明，四月栽早秧。
　　五月过端阳，六月热茫茫。
　　七月秋风凉，八月稻谷黄。
　　九月过重阳，十月下小雪。
　　冬月雪花白，腊月过年节。
　　过啊过年节！

客唱：

　　一进门来抬头望，擎天玉柱紫金梁。

　　堂前香龛明晃晃，堂前香龛真辉煌。

　　门前有棵摇钱树，院子后面起宫房。

　　门是梭椤树，壁是紫檀香。

　　鲁班师傅造，果然手段强。

　　左修龙抢宝，右修凤朝阳。

　　祝贺主发财，世代都为官。

　　天长并地久，地久并天长！

第二章　安凳合桌

"合桌"即是把三张大桌、三张小桌拼凑合拢。"安凳合桌"词于夜宴开始时朗诵。合桌前，每张桌子须相隔一寸[①]左右，板凳随意放置。宾、主来到宴席边，双方各自诵完"合桌安凳"词后，才能将三张大桌并拢，同时把凳子摆好，众人方可入席就座。

主白：
　　一张桌子四角方，三张桌子摆中央。
　　奉请高亲来合桌，主人世代永流芳。
　　按理不应我来请，安凳合桌理应当。

主白：
　　一张桌子四个角，两张桌子八个角。
　　今夜请客来合桌，客人请把缘由告。
　　名俱扬，[②]要请客人帮个忙。
　　丝与竹，要请客人来发烛。
　　乃八音，[③]要请客人来发羹。
　　康诰曰，[④]要请客人来发碟。

[①] "寸"，中国古代长度单位，一寸约等于3.33厘米。
[②] 出自《三字经》："窦燕山，有义方。教五子，名俱扬。"
[③] 出自《三字经》："匏土革，木石金。丝与竹，乃八音。"
[④] 出自宋代朱熹的《四书章句集注·大学章句》："康诰曰：'克明德。'康诰，周书。克，能也。"

豁然贯通焉，① 要请客人来散烟。
一而十，十而百， 要请客人说两载。
百而千，千而万， 要请客人唱两晚。
三才者，天地人，② 要请客人说两轮。

客白：
日吉时良进主堂，三亲六戚听端详。
人人观看我行礼，先生作揖在中堂。
天上金鸡叫，地下紫鸡啼。
客人来得正当时，正是小弟合桌时。
不说合桌人不知，说起合桌有根由。
此木不是平凡木，乃是传奇的古木。
此木乃是古人造，鲁班留下到如今。
一张桌子四个角，四把椅子不能少。
两张桌子八个角，八把椅子来摆好。
三亲六戚请来坐，听我小弟来解明。
一到南京请师傅，二到北京请匠人。
两边匠人到此地，八仙桌子打得成。
一姓何来二姓罗，大家伸手把桌合。
合桌已毕，红喜大吉！

客白：
一张桌子四角方，三张桌子摆中央。
承让小弟来合桌，万众应承怎敢当？
主合一张客欢喜，客合一张富贵长。
客来合桌站两旁，恭贺主家状元郎。
一张桌子四角方，张郎造就鲁班装。

---

① 出自宋代朱熹的《四书章句集注·大学章句》："至于用力之久，而一旦豁然贯通焉，则众物之表里精粗无不到，而吾心之全体大用无不明矣。"
② 出自《三字经》："知某数，识某文。一而十，十而百，百而千，千而万。三才者，天地人，三光者，日月星。"

两面镶上云牙板，当中焚起一炉香。
主人请我来合桌，三张桌子并一张。
子谓公冶长，[1]　　大家动手来帮忙。
君子坦荡荡，[2]　　千般美味在桌上。
君子贤其贤，　　　桌子摆得好周全。
小人乐其乐，[3]　　四锭金银垫四脚。
合桌已完毕，　　　众位亲友请就座！

客白：
堂屋点烛亮堂堂，主人福禄寿无疆。
桌上满盘样样有，唯有板凳没有安。
安上板凳主人坐，三亲六戚站两旁。
抽出板凳宾客坐，客人好去请鲁班。
安凳已毕，红喜大吉。

---

[1] 出自《论语》："子谓公冶长：'可妻也，虽在缧绁之中，非其罪也！'以其子妻之。"公冶长（公元前519—公元前470），姓公冶，名长，字子长，春秋时齐国人，亦说鲁国人。春秋末期孔子弟子，孔子女婿。
[2] 出自《论语》："子曰：'君子坦荡荡，小人长戚戚。'"
[3] 出自《大学》："君子贤其贤而亲其亲，小人乐其乐而利其利，此以没世不忘也。"

第三章　发烛燃香

安凳合桌后，还要接着发喜烛。在发烛燃香之前，主人用红纸把一对小红烛、三炷香系起来放到桌上，然后邀请客人来发烛。随后，客人先诵发烛词，接着把喜烛点燃，插在桌上的萝卜上；再诵发香词，把香点燃后插在神龛上。

主白：
　　发烛要点燃烛心，发烛要请老先生。
　　先生吉语说得好，荣华富贵长到老。
　　老吾老，以及人之老；
　　幼吾幼，以及人之幼。①
　　有上有下，有左有右。
　　今日红鸾天喜，姑娘万里挑一。
　　有花方酌酒，无月不登楼。②

主唱：
　　我今开口说一声，众位亲戚听原因。
　　奉请高亲来发烛，客主发财万万春。

客唱：
　　吉时良辰降吉星，夕阳西下近黄昏。
　　洞房花烛自古有，不是今夜才来听。

---
　① 出自《孟子》："老吾老，以及人之老；幼吾幼，以及人之幼。"
　② 出自明代编写的儿童启蒙书目《增广贤文》："有花方酌酒，无月不登楼。三杯通大道，一醉解千愁。"

你今请我来发烛，两姓联姻喜定亲。
发烛原来古人兴，遗留千载到如今。
席上宝烛自古有，不是今夜我来兴。
今夜小弟来发烛，从一到九祝新人。

客白：

甲时乙时进考场，先生作揖在中堂。
金盆打水在席边，洋布帕子在面前。
手搓洋布水中浸，我拿洋布洗在前。
先洗双手后发烛，先敬四面后中央。
五支宝烛开了花，一家都是状元郎。

客白：

发烛要点燃烛心，发烛惊动老先生。
不说发烛人不知，说起发烛有根由。
竹子原来是一根，生在江山乙丙丁。
张郎撒竹种，李郎栽竹根。
正二三月笋子生，四五六月长成林。
七八九月竹已老，打把钢刀进竹林。
金刀砍来银刀削，削得一对简烛台。
竹子好来竹子茂，弟子拿来有何用？
灯草[①]衰来菜油浇，喜烛一对龙配凤。
春城无处不飞花，寒室东风御柳斜。
日暮汉宫传蜡烛，轻烟散入五侯家。[②]
宝鼎呈祥香结彩，银台报喜烛生花。
千盏玉盘一桂月，鲁班师傅带到家。
武侯文王生贵子，富贵荣华主人家。

---

① "灯草"，指煤油灯里的灯芯草。
② 出自唐代诗人韩翃的《寒食》："春城无处不飞花，寒食东风御柳斜。日暮汉宫传蜡烛，轻烟散入五侯家。"

满堂光辉都照见,世代辉煌到如今。
发烛已毕,红喜大吉!

客白:

竹子好啊竹子硬,烛心生在何州城?
烛心生在昆仑山,西眉山上长成林。
虽有灯芯和白蜡,缺少菜油燃不成。
茶籽出在何州县?出在大田大坝村。
满堂燃起龙凤烛,十个童生九个儒。
大家一同来发烛,大家一同来发烛。
一发东,福如东海在朝中。
二发南,子孙后代出状元。
三发西,金银财宝做银梯。
四发北,金银财宝从此得。
东南西北都发了,只有中央还不得。
我今又来发中央,富贵荣华大吉昌。
发烛已毕,红喜大吉!

主白:

此香,此香,不是非凡香。
生在昆仑山,长在桂林冈。
人人上前不敢采,白鹤采来造成香。
香烧三炷富贵多,个个仙女似嫦娥。
嫦娥本是天仙女,龙凤香烛须点起。
一点一品当朝坐,二点二龙来抢宝。
三点桃源三结义①,四点福禄和寿喜。
五点五子来登科,六点财富满门庭。
七点紫微高高照,八点八仙来帮忙。
九点九龙归大海,十点主人福寿康。
点烛已毕三叩首,祖宗世代永留芳。

---

① "桃源三结义",也有写为"桃园三结义"的。下同。

燃香已毕,红喜大吉!

第四章　发餐具酒具

发烛燃香后,接着要发餐具酒具。主人准备好酒壶、酒杯、调羹、筷子、碟子,并用红纸条分别将这些东西系起来,放到"上八府"和"下八府"的宴会桌上。男客和女客坐桌后,要诵发餐具酒具词。诵完发餐具酒具词后,主人才把用红纸条系起来的餐具和酒具发给客人。客人拿到餐具酒具后,一边对餐具酒具说一些颂词,一边把系在餐具酒具上的红纸条取下,之后主人才把酒倒进壶里,把食物装进碟里。

这一程序在"正席"当日和"交亲接奁"之后进行,并且还要增加诵"下坎词"这一环节。诵完"下坎词"后再接着诵发餐具酒具词。接着是"颂壶""颂杯""颂调羹""颂碟""颂筷",还有"颂安凳""颂安桌""颂烟袋"等。本书为了避免重复,统一归纳于此章节。

下坎词

脚下银梯到阶前,不觉走到筵席边。
站在席边看一看,众位亲戚坐周全。
历来桌子有规矩,要望我们说一说。
天时不如地利,地利不如人和。①
要望亲戚说一说,管他说得对不对。
抽出板凳慢慢说,贵府发财富贵多。

---

① 出自《孟子》:"天时不如地利,地利不如人和。"

发 壶

天上金鸡叫,地下银鸡啼。
来得不早也不迟,正是小弟发壶时。
不说发壶人不知,说起发壶有根由。
土中生白玉,地内出黄金。
上走云南请师傅,下走北京请匠人。
两边匠人都到齐,这把银壶才打成。
上头做个菠萝盖,下头做个凤凰身。
前头做个鹦哥嘴,后头做个半月形。
金花插在洞庭湖,神农炎帝制五谷。
杜康酿酒在皇都,杜康酿酒流千古。
酿酒有秘方,开坛十里香。
里头装的是何物?原是杜康酒一壶。
此壶天上仙人赐,赐我凡间手中提。
揭开壶瓶美味酒,来到席前杯中流。
先斟上面孔夫子,后斟下面老大人。
左斟左边左臣相,右斟右边老贤人。
自己提壶来斟酒,富贵荣华万年春。
发壶已毕,红喜大吉!

颂 壶

一把酒壶亮铮铮,又是银来又是金。
自从盘古开天地,三皇五帝到如今。
里头装的是何物?装的糯米酒一壶。
糯米酒啊甜又香,酿酒先师是杜康。

银壶盖上顶部尖,揭开盖来见青天。
颂壶已毕,红喜大吉!

发 杯

室内金银添光辉,等主人家来发杯。
金杯出在金州地,银杯出在银州城。
桌上银杯有八个,三星拱照五金魁。
主人满堂吉庆照,桌子上头金银杯。
一杯三盏四季红,两碗四盘五金魁。
桌椅壶瓶成双对,荣华富贵龙凤配。
发杯已毕,红喜大吉!

颂 杯

一张桌子众人围,桌上摆满金银杯。
金杯银杯成双对,琉璃碗盏叠成堆。
一杯三盏四季红,两盘四碗五金魁。
颂杯完毕,红喜大吉!

发 调 羹

天上金鸡叫,地下银鸡啼。
来得不早也不迟,正是小弟发羹时。
不说调羹人不知,说起调羹有根由。
调羹乃是何人造?调羹又是何人兴?
调羹乃是古人造,古人留下到如今。
发羹已毕,红喜大吉!

颂 调 羹

一把调羹两头圆,福禄寿喜在中间。
八位神仙互作揖,恭喜主家出状元。
颂调羹毕,红喜大吉!

发 碟

不说发碟人不知,说起发碟有根由。
瓷碟精巧镶花纹,主家买来待客人。
一碟盐来一碟椒,辣椒颜色红如枣。
碟内盐巴白如银,离了盐辣吃不成①。
山珍海味全都有,离了碟子摆不成。
发碟已毕,红喜大吉!

颂 碟

一个碟子圆又圆,半边辣椒半边盐。
盐巴来自四川省,辣椒来自贵州城。
大邑烧瓷轻且坚,扣如哀玉锦城传。②
颂碟已毕,红喜大吉!

发 筷

来得不早也不迟,正是小弟发筷时。
不说发筷人不知,说起发筷有根由。
紫竹生在西眉山,西眉山上长成林。

---

① "吃不成",方言,意思是不好吃、吃不了。
② 出自唐代诗人杜甫的《又于韦处乞大邑瓷碗》:"大邑烧瓷轻且坚,扣如哀玉锦城传。君家白碗胜霜雪,急送茅斋也可怜。"

金刀砍来银刀削,刮得筷子白如银。
王母娘娘来发筷,发双筷子送客人。
一发满堂吉庆照,二发一对好姻缘。
三发桃源三结义,四发四季来发财。
五发五子来登科,六发六位得高升。
七发天上七仙女,八发八仙来过海。
九发天长和地久,十发地久并天长。
发筷已毕,红喜大吉!

颂 筷

竹子原来是一根,生在南山翠竹林。
露水娘娘见它长,日月三光见它生。
正月二月盘根茎,三月四月笋子生。
五月六月长成林,七八九月竹子老。
扛着砍刀进竹林,金刀砍来银刀匀。
刮得筷子两头平,金筷亮啊银筷明。
不谄富贵不嫌贫,用它不分君与民。
颂筷已毕,红喜大吉!

第五章　谦辞与赞辞

在布依族婚礼的宴席上，主客边饮酒边说谦辞，同时还要称赞对方。说谦辞要引用文言问答，以显示自己学识渊博。赞辞一般在出生礼仪和祝寿上使用较多。先生们把四书五经都搬上大堂，大大彰显布依族"秀才"的荣耀。

主唱：
　　一对宝烛红又红，喜鹊登梅①挂堂屋。
　　天上银河双星渡，迎请高亲入堂中。
　　迎请高亲进屋来，三亲六戚两边排。
　　众位亲戚请就座，"梁山伯"会"祝英台"。

客唱：
　　一进天井四角方，迎宾先生听文章。
　　吾今身往芳草地，无须主人费心肠。
　　先生作揖不敢承，酙杯美酒唤客尝。
　　先生称我富贵客，三迎三站不敢当。

主唱：
　　从不走到我乡来，我乡山高车难载。
　　山高水远路难走，山高水远客难来。
　　从不曾到我家门，我家山高不见顶。

---

①　"喜鹊登梅"是中国传统吉祥图案之一，也是征兆吉祥的雕刻题材。民间常把喜鹊登梅的作品陈列家中，以兆好运。

　　　　崇山峻岭路难走，爬坡上坎客难行。

客唱：

　　　　一进门来福重重，桌椅板凳雕龙凤。
　　　　中堂好比金銮殿，神仙饮酒闹春风。
　　　　一进门来喜洋洋，桌椅板凳摆成行。
　　　　两边立起擎天柱，神仙饮酒醉他乡。

主唱：

　　　　喜鹊龙门叫喳喳，今日贵客到我家。
　　　　怪我手长衣袖短，装不了烟来倒茶。
　　　　喜鹊龙门喳喳叫，贵客来到真热闹。
　　　　怪我手长衣袖短，装不了烟把茶端。

客唱：

　　　　一进堂中四角方，堂中坐着状元郎。
　　　　吟诗作对千千首，提笔写字念文章。
　　　　一进堂中四角平，堂中坐起秀才们。
　　　　吟诗作对千千首，提笔写字念书文。

主唱：

　　　　高坡起房两三楼，我穿麻布客穿绸。
　　　　我穿麻布客穿缎，穿绸穿缎眼缭乱。
　　　　高坡起房建院坝，我穿麻布客穿纱。
　　　　我穿麻布客穿缎，衣衫褴褛真害羞。

客唱：

　　　　常听人说你聪明，晓得主家富贵人。
　　　　富贵人家不打扮，有才之人不显文。
　　　　早已听说聪明郎，主家富贵传四方。
　　　　富贵人家不打扮，有才之人性温良。

主唱：

　　　　隔山隔水隔层岩，为兄为弟你才来。

若是我家无喜酒，八抬大轿都不来。
隔山隔水隔层林，为兄为弟你前行。
若是我家无喜酒，八抬大轿也难请。

客唱：

贱乡走到贵乡来，不为金银不为财。
今日过来喝喜酒，主人博学又多才。
贱乡走到贵乡来，不为金银不为财。
今日过来为喜酒，主人和善甚关怀。

主唱：

哥住哥家乡，行到我乡来。
吃的不像样，住的更不行。
回到家乡去，莫要传骂名。
回到家乡去，莫要传骂名！

客唱：

贵府三层门，讲究得不行。
抬头往上看，金匾放光明。
金匾千年在，万古永留名。
贵府讲仁义，代代出贵人。
恭贺主发财，贺喜主高升。

主唱：

贵乡走到贱乡来，来到我乡茅草房。
茅草房屋积灰尘，客人坐下沾衣裳。
贵乡走到贱乡来，来到我乡茅草屋。
茅草房屋积灰尘，客人进门一身污。

客唱：

一进门来四角方，两棵中柱顶金梁。
房上盖起琉璃瓦，家中坐着状元郎。
一进家门四角平，主家满屋亮锃锃。

房上盖起琉璃瓦，家中坐着众举人。

主唱：

我家住的茅草房，简简单单放张床。
白天全靠风扫地，夜晚全靠月放光。
我家住的茅草屋，一捆茅草做扇门。
白天全靠风扫地，夜晚全靠月照明。

客唱：

贱乡行到贵乡来，来到贵乡乐融融。
双脚踏进堂中坐，主家和善盼相逢。
贱乡行到贵乡来，来到贵乡喜洋洋。
双脚踏进堂中坐，主家和善永兴旺。

主唱：

贵客来到我贱乡，三盘萝卜四碗汤。
桌子上面无美味，急慢亲戚返回乡。
贵客来到我寒门，青菜白菜招待人。
桌子上面无美味，急慢亲戚返回村。

客唱：

高粱叶子青，酿酒绿茵茵。
酒也喝醉了，肉也吃不赢①。
返回家乡去，传啊传美名。
返回家乡去，传啊传美名！

主唱：

虽然今天办喜酒，杀头猪来瘦壳壳②。
拿到厨房给厨师，厨师见状摆脑壳。
家贫大猪喂不出，小猪身无二两肉。
拿到厨房给厨师，厨师见了都摇头。

---

① "吃不赢"，方言，即吃不完的意思。
② "瘦壳壳"，方言，形容极瘦，只剩下躯壳。

客唱：

先饮茶来后喝酒，等我喝完这一口。
门前有棵摇钱树，荣华富贵年年有。
头枕山，脚踏川，儿孙世代做高官。
左手金，右手银，家里藏有聚宝盆。

主唱：

一张桌子四个角，八人坐下真热闹。
从前古人说得好，席上吃酒配辣椒。
一张桌子四只脚，八人坐下各一方。
从前古人说得好，席上吃酒配辣汤。

客唱：

正月里来是新春，小弟初到贵府门。
祝贺新人结连理，早生贵子跃龙门。
二月里来百花开，天官赐福来送财。
一送福来二送寿，三送金银进门来。
三月里来是清明，观音造桥到庄门。
一造富贵多吉利，二造国泰保安平。
四月里来送瓦璋①，送子娘娘坐高堂。
秀才举人你家有，五子登科状元郎。
五月里来是端阳，主家骡马置田庄。
上买田土八百亩，下买桃李桂花糖。
六月里来热茫茫，鸡鸭鹅兔满山冈。
猪牛羊马数不尽，金银财宝用斗量。
七月里来秋风凉，北京城内开考场。
主家儿孙连科中，一定考得状元郎。
八月里来是中秋，你家富贵中公侯。

---

① "瓦璋"，"瓦"指"女孩"，"璋"指"男孩"。古人把璋给男孩玩，希望他将来有玉一样的品德；把瓦给女孩玩，瓦是纺车上的零件，希望她将来能精巧女红。

能文能武上京城，常伴君王左与右。
九月里来是重阳，贵府儿郎中状元。
祖上有德出贵子，立对桅杆把名扬。
十月里来小阳春，儿女来报父母恩。
张郎设下鲁班装，跃过龙门进朝廷。
古有彭祖八百岁，你家常青步步高。
腊月里来雪花飞，辞别主人要起身。
自从今日叨扰后，富贵荣华庇子孙。

主白：
孔子登东山，① 板凳无人安。
安好亲戚坐，亲戚坐两旁。
主家来出酒，客人来出令。
有花方酌酒，无月不登楼。
客人请坐下，坐下有缘由。
三杯通大道，一醉解千愁。

客白：
天边一朵白云飘，东方一朵红花开。
不为何事来到此，想起酒肉我才来。
其为人之本欤，② 千样美味都上齐。
甲子乙丑海中金，千样美味招待亲。
招待三天又三夜，千里回乡去传名。

主白：
听说客要来，不知怎安排。
昨天客来到，买锅又搭灶。
今日客进屋，无酒也无肉。

---

① 出自《孟子》："孔子登东山而小鲁，登泰山而小天下。"
② 出自《论语》："孝悌也者，其为人之本欤。"

道千乘之国,① 什么都不得。

子路不对, 恕罪,恕罪!

客白:

伐柯伐柯,② 今日亲友甚多。

君子贤其贤而亲其亲,主家待客好热情。

小人乐其乐而利其利,荣华富贵好福气。

吉星高照,叨扰,叨扰!

主白:

各位先生,如今说得甚明。

文武百官来相会,今朝同庆在京城。

走过天涯与海内,唯有读书不误人。

神农炎帝制五谷,伏羲女娲制人伦。

周公制礼传后世,孔子赛过天上人。

万卷诗书要苦读,不聪明来也聪明。

子路不对,恕罪,恕罪!

客白:

前王不忘,③ 文官武官站两旁。

上有虞世南,下有褚遂良。

左有七雄出,右有五霸强。

文章高挂榜,四海把名扬。

昔时贤文,诲汝谆谆。④

君子无所争,⑤ 个个是先生。

---

① 出自《论语》:"道千乘之国,敬事而信,节用而爱人,使民以时。"
② 出自《诗经·伐柯》:"伐柯伐柯,其则不远。我觏之子,笾豆有践。"
③ 出自《大学》:"'于戏,前王不忘!'君子贤其贤而亲其亲,小人乐其乐而利其利,此以没世不忘也。"
④ 出自《增广贤文》:"昔时贤文,诲汝谆谆。集韵增广,多见多闻。观今宜鉴古,无古不成今。"
⑤ 出自《论语》:"君子无所争,必也射乎!揖让而升,下而饮。其争也君子。"

子华使于齐,① 重把四书提。

出则事公卿,② 门前挂纱灯。

子路闻之喜,不必再讲礼。

主白:

今夜客来到,无酒又无烟。

先生是君子,德行犹圣贤。

见其礼而知其政,闻其乐而知其德。③

今贵客盈门,见酒兴如何。④

客白:

桃之夭夭,其叶蓁蓁。⑤

来到贵府,叨扰先生。

之子于归,宜其家人。⑥

多有叨扰,莫怪客人。

主白:

各位先生放宽心,主家堂屋广灰尘。

屋里灰尘难扫净,弄脏衣服莫悲愤。

沽之哉,⑦ 亲戚难得到此来。

不易之谓庸,此处地贫人穷。

其言之不怍,则为之也难。⑧

贵亲来到此,吃住太简单!

客白:

千里迢迢到贵乡,贵乡真是好地方。

---

① 出自《论语》:"子华使于齐,冉子为其母请粟。"

② 出自《论语》:"出则事公卿,入则事父兄,丧事不敢不勉,不为酒困,何有于我哉?"

③ 出自《孟子》:"见其礼而知其政,闻其乐而知其德,由百世之后,等百世之王,莫之能违也。自生民以来,未有夫子也。"

④ 出自唐代诗人白居易的《忆梦得》:"齿发各蹉跎,疏慵与病和。爱花心在否,见酒兴如何。"

⑤⑥ 出自《诗经·桃夭》:"桃之夭夭,其叶蓁蓁。之子于归,宜其家人。"

⑦ 出自《论语》:"沽之哉,沽之哉!我待贾者也。"

⑧ 出自《论语》:"子曰:'其言之不怍,则为之也难。'"

高房瓦屋琉璃窗，又无灰尘沾衣裳。

今朝打扰众弟兄，千里路上把名扬。

君子之道，休要见笑。

喜庆之日，不知礼节。

多有叨扰，主家莫怪！

主白：

高亲贵君子，行至我寒门。

清汤和寡水，宴上无礼节。

主家桌凳少，亲友无处歇。

上土配中土，小行配大行。

天时地利，莫误时辰。

客白：

先王①皆知道，诸侯②听端详。

在官者同禄，③同食酒与肉。

甚无礼仪，坐上高席，

夜色茫茫，得罪两旁！

主白：

贵客驾临，蓬荜生辉。

风乎舞雩，咏而归。④

席前无酒，桌上无怀。

君子之道，休要见笑！

客白：

一树红花开，不觉到此来。

诲人不倦，何有于我哉？⑤

---

① "先王"，指"古代帝王"，一般特指历史上尧舜禹汤文武几个有名的帝王。
② "诸侯"，中国商周和汉初时期，由帝王分封并受帝王统辖的列国国君。
③ 出自《孟子》："下士与庶人在官者同禄，禄足以代其耕也。"
④ 出自《论语》："暮春者，春服既成，冠者五六人，童子六七人，浴乎沂，风乎舞雩，咏而归。"
⑤ 出自《论语》："默而识之，学而不厌，诲人不倦，何有于我哉？"

自始读诗书，先人兴发壶。
时时有酒，发壶斟酒。
日富月昌，乃积乃仓。①
不敢多言，不敢多言！

主白：
礼仪三百，威仪三千。②
来此无茶，到此无烟。
多有怠慢，宽宏无边。
君不君，臣不臣。③
回到贵乡，莫给骂名。

客白：
才疏学浅，鄙人不才。
多在山中，少在学堂。
规矩不守，礼仪不讲。
到此叨扰，肚无文章。
恳请先生，宽宏大量。

主白：
赦小过，众位亲友请来坐。
举贤才，④听我从头说起来。
三更灯火五更鸡，正是男儿读书时。⑤
合席已毕，红喜大吉！

---

① 出自《诗经·公刘》："乃场乃疆，乃积乃仓；乃裹糇粮，于橐于囊。"
② 出自《中庸》："优优大哉，礼仪三百，威仪三千，待其人而后行。"
③ 出自《论语》："善哉！信如君不君，臣不臣，父不父，子不子，虽有粟，吾得而食诸？"
④ 出自《论语》："先有司，赦小过，举贤才。"
⑤ 出自唐朝诗人颜真卿《劝学》："三更灯火五更鸡，正是男儿读书时。黑发不知勤学早，白首方悔读书迟。"

第六章　寻根问源

主客诵完谦辞赞辞后,接着要唱"寻根问源"歌。"寻根问源"歌内容涉古通今,天地万物之事皆可问答。对唱时,有主问客答,亦有客问主答,以难倒对方为"本事"。"寻根问源"歌的调式较多,一般为四至六种。

主唱:

桂花生在富贵山,桂花要等贵人来。
桂花要等贵人到,贵人来到花才开。
桂花生在富贵林,桂花等贵人辞别。
桂花等贵人辞别,贵人辞别花才谢。
好花红来好花红,好花生在刺藜①丛。
好花生在刺藜树,哪朵向阳哪朵红。

客唱:

隔河看见搭歌台,听见歌声渡船来。
表哥称我是贵人,可惜小弟无口才。
隔河听见好歌声,听见歌声渡船行。
表哥斟酒把我敬,寻根问源我不行。

主唱:

正月逢春哪样开?二月哪样正抽苔②?

---

① "刺藜"也有用"刺梨"的。
② "抽苔",方言,指白菜、油菜、韭菜、蒜等蔬菜长出薹。

　　　　三月何时下早种？四月小满种何物？
　　　　五月哪样收进仓？六月农夫为何忙？
　　　　七月哪样树上挂？八月哪样收进家？
　　　　九月该下哪样种？十月哪样田中生？
　　　　冬月哪样进家门？腊月哪样傲雪开？
　　　　十二个月我说起，下面请客来回答。

客唱：

　　　　正月逢春百花开，二月白菜正抽苔。
　　　　三月清明下早种，四月小满栽早秧。
　　　　五月荞麦收进仓，六月农夫薅秧忙。
　　　　七月石榴树上挂，八月谷米收进仓。
　　　　九月该下豆麦种，十月小春①正生根。
　　　　冬月柴煤进家门，腊月梅花傲雪开。
　　　　十二个月都唱到，不知唱全唱不全。

主唱：

　　　　表哥们啊表哥们，唱个盘歌②给我听。
　　　　唱个盘歌送给我，以后不忘哥恩情。
　　　　看是何人制③土地？又是何人制地形？
　　　　何人制下天和地？何人制下地中心？
　　　　制天制地几百载？几皇几帝镇乾坤？

客唱：

　　　　盘歌不是现在兴，还是祖先兴在前。

---

① "小春"，农历十月之别称，《荆楚岁时记》：十月，天气和暖似春，故曰小春。
② "盘歌"，是一种山歌体裁的问答形式，农民在打柴、锄茶、摘茶籽等劳动间隙都会唱盘歌。通过一个盘问一个应答，叙述有关自然生产知识、乡里风俗和传奇典故等知识性内容。此歌形式首先是一个人自娱的独唱，歌唱内容带有明显的挑歌性，以引起对方兴趣。对方歌兴点燃后，不管认识不认识，可用歌来对答，然后一问一答，用歌声相互盘问。歌词有四问四答、八问八答，长短不限，只要答对分出胜负歌声才会终止。若是挑歌者盘问不清，或应歌者回答不出，可临时即兴编歌挖苦，甚至讥笑对方。因此盘歌具有明显的赛歌性质。
③ "制"，方言，即"造"。下同。

土地本是地皇制，因是地皇土地生。
张子①制下天和地，李王制下地中心。
制天制地三百载，三皇五帝镇乾坤。

主唱：

混沌初开几颗星？几个阳来几个阴？
几个男来几个女？几男几女镇乾坤？

客唱：

混沌初开两颗星，一个阳来一个阴。
一个男来一个女，一男一女镇乾坤。

主唱：

看是何人制山水？又是何人制人伦？
看是何人制五谷？又是何人制衣襟？

客唱：

金角老龙制山水，伏羲女娲制人伦。
神农炎帝制五谷，轩辕皇帝制衣襟。

主唱：

未有开天什么样？又是何人在中心？
经过几千几百世？何人又与天地行？

客唱：

未有开天混沌样，又是盘古在中心。
经过一万八千世，男女才与天地行。

主唱：

当中什么浮成天？又是什么浊成地？
浮到天上高几丈？浊至地下几丈深？

客唱：

一片清气浮成天，一片浊气凝成地。
浮到天上高万丈，凝至地下万丈深。

---

① "张子"，指《张子正蒙》，是宋代张载所著。

主唱：

　　天上雷公有几个？地下雷婆有几人？
　　手提雷锤重几斤？惊动几国几州城？
　　雷打凡间什么子？不打凡间什么人？
　　从头一二说我听？以后永远记在心。

客唱：

　　天上雷公有五个，地下雷婆有五人。
　　手提雷锤重千斤，惊动九国九州城。
　　雷打凡间忤逆子，不打凡间孝顺人。
　　从头一二说你听，不要反问我根由。

主唱：

　　哪个为首撑开天？最初开天是何人？
　　又是哪个来辟地？最初辟地是何人？

客唱：

　　盘古为首撑开天，最初开天是天皇。
　　又是地皇来辟地，最初辟地是人皇。

主唱：

　　歌师们啊歌师们，唱个盘歌送你听。
　　不说张郎人不知，要说张郎有根由。
　　张郎又是哪年出？女娲又是哪年生？
　　张郎弟兄有几个？女娲姐妹有几人？
　　上身穿的哪样衣？下身穿的哪样裙？

客唱：

　　老先生啊老先生，你今唱完我接上。
　　不说张郎人不知，从头一二说你听。
　　子丑那年张郎出，寅卯那年女娲生。
　　张郎弟兄十二人，女娲姐妹十二个。
　　上身穿的木叶衣，下身穿的木叶裙。

主唱：

盘古分开天和地，又是哪个在中心？
天有几宝天上行？地有几宝是何人？
几个男来几个女？几个州来几个殿？
人有几宝是何物？配合几载不离分？

客唱：

盘古分开天和地，又是盘古在中心。
天有三宝日月星，地有三宝水火金。
三个男来三个女，九个州来九个殿。
人有三宝精气神，配合三代不离分。

主唱：

先天八卦何人制？后天八卦何人兴？
八卦上头几个字？又是哪样镇乾坤？

客唱：

先天八卦伏羲制，后天八卦文王兴。
八卦上头八个字，子午卯酉镇乾坤。

主唱：

花朵出在何州县？花种出在何州城？
看是何人制花种？又是何人制花根？
看是哪个移花种？看是哪个移花根？
何人带到这方撒？何人带到这方生？

客唱：

花朵出在红州县，花种出在九州城。
王母娘娘制花种，百花仙子制花根。
神童跑来撒花种，神女后来移花根。
王母带到此方撒，王母带到这方生。

主唱：

看是何人带几斗？看是何人带几升？

哪里撒花哪里栽？哪里滴水淋花开？
　　哪里提水浇花树？哪样吹来花才开？

客唱：
　　牛郎过路带三斗，织女过路带三升①。
　　上园撒花下园栽，天上滴水淋花开。
　　天上提水浇花树，春风吹来花才开。

主唱：
　　看是哪年撒花种？看是哪年移花根？
　　看是哪年花发芽？看是哪年花才生？
　　又是何人见它长？又是何人见它生？
　　哪里扯花哪里栽？哪里滴水淋花开？

客唱：
　　子丑元年撒花种，子丑二年移花根。
　　寅卯元年花发芽，寅卯二年花才生。
　　日月阳光见它长，露水娘娘见它生。
　　上园扯花下园栽，岩壁滴水淋花开。

主唱：
　　花枝长得几尺长？花根长得几尺深？
　　哪边吹来哪边动？哪边吹来哪边生？

客唱：
　　花枝长得九尺长，花根长得六尺深。
　　东边吹来西边动，西边吹来东边生。

主唱：
　　不提问来人不知，提问起来话又长。
　　一张桌子几角方？一对哪样放中央？
　　说起花来有用处，何人兴起到如今？
　　只有谁人几百岁？谁人保周几百春？

---

① "升"，布依族古代的量米容器，木制方开有底，一升约2公斤。

制下哪样呼呼响？拉起哪样打得圆？
何人制下锄头用？打把锄头重几斤？
几把锄头栽花种？几把板锄栽花根？

客唱：

一张桌子四角方，一对红花放中央。
不说花来人不知，说起花来有原因。
说起花来有用处，王母兴下到如今。
只有彭祖八百岁，老君保周八百春。
火炉风吹呼呼响，拉起风箱打得圆。
神农制下锄头用，打把锄头重九斤。
九把锄头栽花种，九把锄头栽花根。

主唱：

哪个氏来建房屋？哪个制得甲子先？
哪个氏来制火焰？哪个八卦制在先？
指南针是哪个造？木制宫殿是何人？
哪个来把鲁盐花？造酒原来是哪个？
何人能造千张纸？哪个打成万贯钱？
何人造个冲天炮？哪个造个霸王鞭？
当年何人巡月亮？哪个来把狮子玩？
哪个臣相把龙斩？哪个取经到西天？
取得经书哪样卷？何人流传到中原？
哪个最早游地府？借尸还魂是何人？
哪个女把金刚念？哪个男子中状元？

客唱：

有巢氏来建房屋，大挠氏来制甲子。
燧人氏来制火焰，伏羲八卦制在先。
指南针是栾大造，木制宫殿是鲁班。
交子来把鲁盐花，造酒原来是杜康。

蔡伦能造千张纸，沈富打成万贯钱。
孔明造个连环炮，项羽造个霸王鞭。
当年玉兔巡月宫，沙僧来把狮子玩。
魏征臣相把龙斩，唐僧取经到西天。
取得大乘佛教经，佛教流传到中原。
唐王最早游地府，借尸还魂李翠莲。
黄氏女把金刚①念，女转男身中状元。

主唱：

何人造字七斗三？何人认得六斗六？
何人拣得四升去？留与几升什么佛？

客唱：

仓颉造字七斗三，孔子认得六斗六。
颜回拣得四升去，三升留与儒道佛。

主唱：

何人造墨来写字？何人造纸写书文？
当中毛笔何人制？何人制下到如今？

客唱：

邢夷造墨来写字，蔡伦造纸写书文。
当中毛笔蒙恬制，蒙恬制下到如今。

---

① "金刚"，指《金刚经》。

第七章 花歌

客、主在堂屋里对歌时，主人家要准备一个方盘，盘里放一束花。花歌唱毕，客人把盘内的花竖起来，送给主人家。

对唱花歌，亦是在婚礼夜宴中进行。夜宴地点是在新郎家的堂屋。宴席分"上八府"和"下八府"。"上八府"坐着男性，"下八府"坐着女性。花歌通常情况是"下八府"的女客、主对唱。偶尔也有男主人与女客对唱。

临 门 送 花

主唱：

一去二三里，烟村四五家。
亭台六七座，八九十枝花。①
山中有花果，不见花儿开。
西施想戴花，不见人来采。

客唱：

大家仔细听，外面闹嚷嚷。
是谁在外喊，连声喊开门。

主唱：

小弟去砍柴，半夜才回来。
走遍各座山，摘枝好花来。

---

① 出自宋代邵雍的《山村咏怀》："一去二三里，烟村四五家。亭台六七座，八九十枝花。"

客唱：

  一为迁客去长沙，西望长安不见家。
  黄鹤楼中吹玉笛，江城五月落梅花。①

主唱：

  摇摇晃晃上瑶台，送株鲜花客人栽。
  天上太阳收回去，又叫明月送花来。

客唱：

  天上星宿多又多，地下千山万条河。
  何人想进桃花殿，等到明年再来说。

主唱：

  赵钱孙李把门开，我从云南送花来。
  一送花来二送宝，送株鲜花客来栽。

客唱：

  这道财门暂不开，未见主人送花来。
  满手鲜花高举起，才放哥们进门来。

主唱：

  各位请把财门开，金银财宝滚进来。
  一送花来二送福，送株鲜花进屋来。

客唱：

  房东不在家，月老去管花。
  请问有何事？坐下喝杯茶。

主唱：

  玉莲观花把花摘，手举花束送客栽。
  手捧红花送给你，请众亲友收下来。

客唱：

  迎棵花树到堂中，鲜花朵朵满树红。

---

① 出自唐代诗人李白的《与史郎中钦听黄鹤楼上吹笛》："一为迁客去长沙，西望长安不见家。黄鹤楼中吹玉笛，江城五月落梅花。"

　　　　亲戚来到花树下，四时佳兴与人同①。

主唱：

　　　　天上桫椤十八丫，要请你们来栽花。
　　　　今夜主家红喜酒，大家来闹主人家。

客唱：

　　　　刚才开口来安排，哥们云南送花来。
　　　　众位亲戚请坐下，采花童子开金言。

盘　花

主唱：

　　　　表姐们啊表姐们，说个花来给我听。
　　　　看是何人撒花种？又是何人拿去栽？
　　　　撒花的是哪一个？栽花又是哪一人？
　　　　花种出在哪一县？花树出在何州城？
　　　　从头一二说来听，千言万语记恩情。

客唱：

　　　　表姐们啊表姐们，我把花来说你听。
　　　　不说栽花人不知，说起花来有根由。
　　　　撒花该是西王母，撒花栽花都是她。
　　　　花种出在云南省，花树出在北京城。

撒　花

主唱：

　　　　正月撒花无花栽，二月撒花长出来。
　　　　三月撒花桃花艳，四月撒花满园开。

---

①　出自宋代诗人程颢的《秋日》："万物静观皆自得，四时佳兴与人同。"

　　　　五月撒花登科早，六月撒花浮水面。
　　　　七月撒花花结果，八撒八锭银进门。
　　　　九撒天长并地久，十撒雪花纷纷来。
　　　　大地处处把花撒，喜庆红花遍地开。

客唱：
　　　　一张桌子四角方，一束鲜花摆中央。
　　　　张家姐妹撒花种，李家姐妹撒花苗。
　　　　冬季撒花花不发，夏季撒花花生芽。
　　　　秋季撒花沉甸甸，春季撒花根盘芽。

主唱：
　　　　正月撒花是新年，手提花种进花园。
　　　　二月撒花是春分，花在花园渐渐生。
　　　　三月撒花是清明，山中鸟雀闹喳喳。
　　　　四月撒花四月八，花在花园渐渐发。
　　　　五月撒花是端阳，菖蒲美酒加雄黄。
　　　　六月撒花三伏天，花在花园渐渐蔫。
　　　　七月撒花秋风凉，秋风秋雨淋花坛。
　　　　八月撒花稻谷黄，快把稻谷收上仓。
　　　　九月撒花是重阳，重阳造酒满缸香。
　　　　十月撒花小阳春，豌豆胡豆种几分。
　　　　冬月撒花霜雪凶，高坡头上刮冷风。
　　　　腊月撒花完一年，胭脂花粉卖几钱。

栽　花

主唱：
　　　　哪里移花哪里栽？哪里滴水淋花根？
　　　　哪里滴水浇花树？哪样均匀花才生？

客唱：

　　上园移花下园栽，天上滴水淋花根。
　　天上滴水淋花树，雨水均匀花才生。

主唱：

　　摇摇摆摆上楼台，这朵鲜花客人栽。
　　众位亲戚静静听，听我说出根由来。
　　正月栽花无花栽，只见雪花遍地开。
　　二月栽花满坝黄，乡间农夫正在忙。
　　三月栽花满树红，桃李杏花来相逢。
　　四月想花不用栽，田边地角有花开。
　　五月石榴一串串，开花结籽映前堂。
　　六月栽花香满园，书房学童作诗忙。
　　七月栽花靠墙头，花高墙矮行人留。
　　八月桂花满园香，手拿笔墨在书房。
　　九月菊花酿酒香，斟杯美酒请客尝。
　　十冬腊月请客栽，请在阳州①采花来。
　　采花要采头两朵，金花银花全得栽。

客唱：

　　正月栽花无花栽，二月栽花花易开。
　　三月桃花红似火，四月荞麦架上开。
　　五月石榴花儿红，六月荷花水中开。
　　七月梨花结果子，八月桂花香满街。
　　九月菊花家家有，十月芙蓉牡丹开。
　　十冬腊月无花栽，我在酒中找花来。
　　云南来个花大姐，百来样花满山栽。

---

① "阳州"，古地名，指古九州之一。

薅 花

客唱：

正月薅花是新年，玩耍之人进花园。
手提锄头来薅草，一边对歌一边劝①。
二月薅花是春分，玩耍之人进花林。
要想花蒂开得好，慢慢挑水慢慢淋。
三月薅花是清明，高山阳雀叫不停。
百花齐放香满园，花香淡淡沁幽帘。
四月薅花又栽秧，薅花之人好心肠。
花园杂草慢慢扯，功夫不负有心人。
五月薅花是端阳，菖蒲美酒加雄黄。
花园雄黄多撒点，免得害虫进花坛。
六月薅花热茫茫，桂花脚下好歇凉。
姐妹坐下慢慢讲，想戴好花不要忙。
七月薅花秋风凉，秋风秋雨催谷黄。
要进花园多欣赏，抢谷进仓辞花坛。
八月薅花是中秋，农夫加紧把谷收。
抛粮撒种望今日，黄金时节不能丢。
九月薅花是重阳，菊花酿酒满缸香。
花园饮酒千杯少，姐妹越饮越欢畅。
十月薅花要不得，正要薅花下大雪。
情姐要想戴好花，等到明年春三月。
冬月薅花冬月冬，雪打脸来又刮风。
冬月开花又结果，还是梅花称英雄。
腊月薅花腊月八，江边杨柳正发芽。
一年四季花常在，恭贺大家一路发！

---

① "劝"，方言，即"薅"。

客唱：

南山大路有一家，十个姐妹去薅花。
大姐薅朵灵芝草，二姐薅朵牡丹花。
三姐在薅芙蓉花，四姐在薅海棠花。
五姐薅株石榴花，六姐薅的向阳花。
七姐薅的是稻花，八姐薅的是桂花。
九姐薅的是菊花，十姐薅的是梅花。
花好月圆照人间，十个姐妹薅周全。
堂前个个观花景，不忘姐妹手不闲。

采 花

主唱：

正月逢春好采花，买把新犁配旧耙。
新犁犁得千万亩，旧耙耙得水仙花。
二月逢春好采花，后园青草正发芽。
十八情姐去采花，处处碰着牡丹花。
三月逢春好采花，十八情姐去摘它。
上山采了走下山，采得头闷眼睛花。
四月立夏好采花，十八情姐去采它。
采得花来有用处，拿它恭贺客人家。
五月夏至好采花，十八情姐去薅花。
上山薅完走下山，薅得人累眼睛花。
六月暑天好采花，十八情姐去浇花。
上山浇到下山转，见花繁茂难离它。
七月立秋好采花，十八情姐去看花。
百花朵朵开颜笑，情姐心里美如花。
八月秋分好采花，十八情姐去收花。

一天收得三斤整，三天收得九斤花。
九月霜降早采花，情姐在家弹棉花。
弹花为了御严寒，栽花为了得赏花。
十月立冬好采花，十八情姐纺棉纱。
纺纱为了织好布，采花为了主人家。
冬月大雪好采花，十八情姐织布纱。
一天织得三匹半，三天织得九匹纱。
腊月寒冬好采花，一年辛苦福到家。
布花满屋都摆有，一齐恭贺客人家。

客唱：

正月采的是梅花，采来人人都爱它。
二月采花到处生，百花未长采不成。
三月采花花未开，等到花开再去采。
四月采花绿茵茵，一手采来一手拎。
五月采花到处有，一天采得十几斤。
六月采花热茫茫，哥妹一起下花坛。
七月采花秋风凉，采得花蕊好做糖。
八月采花是秋分，采得花朵笑盈盈。
九月百花都采了，花籽撒下等翌春。
十月采花小阳春，豌豆胡豆并蒂生。
冬月采花雪满天，良缘佳偶在人间。
腊月采花完一年，家家忙碌要过年。
别家饮酒把年过，我们采花来团圆。

主唱：

你催花来我收花，收到西边王母家。
等到来年春三月，新年花枝又发芽。
一收亲戚都美满，二收亲戚共枝花。
三收桃园三结义，四收四季成红花。

    五收五子登科早，六收六位得高升。
    七收天上七姐妹，八收神仙吕洞宾。
    九收九龙归大海，十收皇帝坐朝廷。
    龙水不离千秋在，龙到高处水流来。
    万里长江漂海里，一盏明灯照全球。

客唱：
    你收花来我分花，分朵鲜花贺主家。
    大姐分花是金花，二姐分花是银花。
    三姐分花灵芝草，四姐分花海棠花。
    五姐分花石榴花，六姐分花是荷花。
    七姐分花稻谷花，八姐分花是桂花。
    九姐分花是菊花，十姐分花牡丹花。

主唱：
    众位亲戚两路来，一树红花两边开。
    席前坐的红花女，好花盛开众人采。

送　花

客唱：
    红鸾天喜到龙门，多谢主人费苦心。
    朱陈一对来联姻，满堂听我道花名。
    正月雪花满天飞，一年之计在于春。
    鸾凤莫把春天放，富贵荣华万年春。
    二月山城来看花，山中树木正发芽。
    桃李梧桐齐开花，春城无处不飞花。
    三月桃花到处开，桃红李白观花台。
    春色满园关不住，一枝红杏出墙来。[①]
    四月岸柳映河涧，桃花落地瓣瓣鲜。

---

① 出自宋朝叶绍翁的《游园不值》："应怜屐齿印苍苔，小扣柴扉久不开。春色满园关不住，一枝红杏出墙来。"

这朵鲜花我来贺，富贵荣华万万年。
五月石榴满树红，花开花落红满树。
家中都有雄黄酒，斟杯美酒喝下肚。
六月葵花向阳开，贵乡处处出人才。
喜爱山川渡船去，喜喝美酒过河来。
七月稻谷满坝香，天上银河渡牛郎。
牛郎织女来相会，银河鹊桥天下扬。
八月桂花满园香，园中张郎陪李郎。
金杯吆喝来相碰，弟兄姐妹醉几场。
九月菊花傲霜开，贵乡好客有杜康。
家家造有菊花酒，金杯玉盏共银台。
十月雪花岭上梅，山中梅林花纷飞。
蔺相征途逢义士，聊赠江南一枝梅。
冬月雪花飞不停，万座名山白如银。
沿山唯独梅开放，摘枝鲜花贺主人。
腊月寒冬雪纷纷，雪花铺满主家宅。
普天之下都得见，来年春雨润万物。
一张桌子四角方，一束鲜花放中央。
红鸾天喜我来贺，富贵荣华久久长。

客唱：

你贺花来我送花，鲜花送给主人家。
一送主家得万利，二送主家富贵来。
三送桃源三结义，四送四季大发财。
五送五子登科早，六送主家状元郎。
七送天仙七姐妹，八送神仙吕洞宾。
九送天长与地久，十送日与月同辉。
自从今晚送花后，富贵荣华万年春。
山上采来一枝花，而今人人都看它。
花开并蒂结树上，双手端送主人家。

第八章　起书房[①]

布依族十分重视读书，且崇尚读书人，他们认为读书能增长知识，明辨是非，改变命运，实现人生价值。古人云："万般皆下品，唯有读书高。"只有饱读诗书，气质才华才能自然横溢，高雅光彩。所以，布依族的读书人在读书时都会修建书房。

主唱：
> 一张桌子四角方，奉请高亲起书房。
> 高亲今把书房起，童生读书喜洋洋。
> 读书要读千万本，下起笔来如有神。

客唱：
> 一张桌子四角平，考取功名进朝廷。
> 主家书房自古有，不是如今我来兴。
> 今夜要把书房起，众位童生皆及第。

起书房

主白：
> 新起一座读书房，两手推开两扇窗。
> 前插三棵柳，后插五株桑。
> 桑来长叶，叶来养蚕。

[①]　"起书房"，即修建书房。

蚕来抽丝,丝来织罗。
罗来织绫,绫来织缎。
缎来织锦,锦上添花。
花好月圆,步步高升。
起书房!

立 桅 杆

客白:

梓木生在昆仑山,主家立起双桅杆。
桅杆染成朱红色,雕花画龙在中央。
立起左边千年固,立起右边万年坚。
千年固来万年坚,主家常青万万年。

观 书 房

主白:

春游芳草地,夏赏绿荷池。
秋饮黄花酒,冬吟白雪诗。①
诗雪百吟冬,酒花黄饮秋。
池荷绿赏夏,地草芳游春。

开 学

吟诗:

才秀成君教学开,开学教君有路来。

---

① 出自宋朝汪洙的《神童诗》:"道院迎仙客,书道隐相儒;庭栽栖凤竹,池养化龙鱼。春游芳草地,夏赏绿荷池;秋饮黄花酒,冬吟白雪诗。"

来路有君通达我，我达通君成秀才。①

千山万水路重重，八月十五进考场。

既是人间读书子，众位童生进书房。

读 书

主唱：

正月说起进书房，打开四书读文章。

苦读十余载，一朝铸辉煌。

沽之哉，主家儿郎好文采。

二月读书天暖和，梦见书生好洒脱。

桃花开遍地，柳叶满江河。

乡人傩，② 吾将上下而求索。③

三月读书是季春，桃花点点斗芬芳。

书生学礼义，农夫谈春耕。

礼后乎，④ 好把文章用功读。

四月读书麦穗长，小麦尖尖大麦黄。

学问无穷尽，读书要用心。

名俱扬，读书要把功名扬。

五月里来是端阳，菖蒲美酒加雄黄。

离家日子久，为把功名修。

公冶长，辛苦十载厌书房。

六月读书热茫茫，明灯照见读书郎。

瞌睡来得急，桌子高上眠。

---

① 出自清朝赵文川的《状元诗》中的十字圆形七言绝句："才秀成君教学开，开学教君有路来，来路有君通达我，我通达君成秀才。"

② 出自《论语》："乡人傩，朝服而立于阼阶。"

③ 出自战国时期楚国诗人屈原的《离骚》："吾令羲和弭节兮，望崦嵫而勿迫。路漫漫其修远兮，吾将上下而求索。"

④ 出自《论语》："曰：'礼后乎？'子曰：'起予者，商也，始可与言诗已矣。'"

苟日新，①为官之人先为民。

七月读书独凄婉，秋风渐渐衾衣寒。

四书方读过，五经仍困惑。

不考文，②吃苦不过读书人。

八月读书好逍遥，五谷丰收进仓廒。

文章容易学，礼仪实难越。

事前定，③寒窗十载费光阴。

九月读书是重阳，菊花酿酒满缸香。

圣人讲礼仪，先生讲文章。

焉得刚，④何不读书进考场。

十月读书登高楼，萧风瑟雨叹寒秋。

荣华成宰相，富贵做王侯。

都金陵，⑤日落西山断残影。

冬月读书苦寒凉，漫天雪花飘进窗。

门外风沙沙，室内无暖茶。

博学之，⑥读到三更也不迟。

寒冬腊月雪纷飞，深夜书房半掩扉。

爆竹除旧岁，童生把家归。

兴于诗，⑦一举成名天下知。

客唱：

正月书童要离乡，去到京城上学堂。

辞别父母行千里，考取功名把名扬。

二月风寒待书房，寒窗苦读不想娘。

---

① 出自《大学》："苟日新，日日新，又日新。"
② 出自《中庸》："非天子不议礼，不制度，不考文。"
③ 出自《中庸》："言前定，则不跲；事前定，则不困；行前定，则不疚；道前定，则不穷。"
④ 出自《论语》："枨也欲，焉得刚？"
⑤ 出自《三字经》："宋齐继，梁陈承，为南朝，都金陵。"
⑥ 出自《中庸》："博学之，审问之，慎思之，明辨之，笃行之。"
⑦ 出自《论语》："兴于诗，立于礼，成于乐。"

饱读诗书破万卷，身在朝中更高强。
三月读书春意浓，后园桃花一片红。
要学知识不怕苦，当了秀才称英雄。
四月读书麦芒尖，不中头名心不甘。
四书礼仪学得好，赛过神仙不平凡。
五月读书昼夜长，书房童生书声朗。
唯有读书知礼仪，考试文章才高强。
六月读书三伏天，四书一篇又一篇。
汗水长滴心烦闷，过了一关又一关。
七月读书热茫茫，大汗淋漓在学堂。
求学只要功夫硬，肚内才有好文章。
八月读书遇中秋，要读诗书就用功。
用心要得高声朗，一字一句不可丢。
九月读书要降霜，季节更替心不慌。
要学青松经霜打，要学梅花红山庄。
十月读书小阳春，学问之功渐渐深。
高业弟子心似火，一求官来二为民。
冬月读书是寒天，大雪飘飘在门前。
雪映人间读书子，望子成龙父母愿。
腊月读书了一年，书生拜师学问显。
转回家中拜父母，尊师重道把名传。

第九章　问字颂主人

问字颂主人的形式是说唱，由一方念诵，另一方来拆解，并对其意进行阐释。问字颂主人的内容包括猜字谜、说数字、说人名等。

主唱：

　　天上日月照凡间，地下万物养众民。
　　君王皇恩民安乐，父母双亲养育恩。
　　天下先师是孔子，各安方位国太平。
　　我今唱到位①字转，全望先生解分明。
　　一首诗来一个字，不许差错半毫分。
　　若是谁人唱错了，八杯美酒敬至亲。

客唱：

　　老歌师来老先生，你今唱完我接上。
　　你今唱到位字转，等我小弟解分明。
　　位字旁边拆人字，请问先生什么字？
　　（主人答："立"字）
　　立对桅杆贺主人，唱了位字到师字。
　　师字头上拆一字，请问先生什么字？
　　（主人答："帅"字）
　　将帅出自主家门，唱了师字到亲字。
　　又把亲字解分明，亲字旁边拆亲字。

---

① 这里指的是"天地君亲师位"中的"位"字。

请问先生什么字?

(主人答:"见"①字)

照见主家世功臣,唱了亲字到君字。
又把君字说分明,君字头上拆尹字。
请问先生什么字?

(主人答:"口"字)

口口声声赞主人,唱了君字到地字。
又把地字解分明,地字旁边拆土字。
请问先生什么字?

(主人答:"也"字)

也是朝中第一名,唱了地字到天字。
又把天字解分明,天字头上拆一字。
请问先生什么字?

(主人答:"大"字)

主唱:

唱完神榜到数字,从一到十数我听。
一字下来一条江,二字分开两条龙。
三字上头两横短,四字封口不留门。
五字弯弯盘脚坐,六字两点不沾身。
七字弯弯像镰刀,八字并排两边分。
九字金钩挂明月,十字中箭来穿心。
我今唱到十字转,敬请先生解分明。

客唱:

老歌师来老先生,数字倒数给你听。
唱完神榜到数字,等小弟我解分明。
十字头上添一撇,请问哥哥什么字?

(主人答:"千"字)

---

① 亲的繁体字为"親"。

千山万水入学堂,唱了十字到九字,

又把九字说分明,九字旁边添日字。

请问哥哥什么字?

(主人答:"旭"字)

旭日东升照光辉,唱了九字到八字。

又把八字解分明,八字脚下添刀字。

请问哥哥什么字?

(主人答:"分"字)

分明有路问前程,唱了八字到七字。

又把七字解分明,七字旁边添人字。

请问哥哥什么字?

(主人答:"化"字)

化三千,七十二,[①] 唱了七字到六字。

又把六字说分明,六字脚下添乂字。

请问哥哥什么字?

(主人答:"交"字)

交朋交友莫交财,唱了六字到五字。

又把五字解分明,五字脚下添口字。

请问哥哥什么字?

(主人答:"吾"字)

吾会周公定太平,唱了五字到四字。

又把四字说分明,四字脚下添维字。

请问哥哥什么字?

(主人答:"罗"[②] 字)

罗汉十八来渡江,唱了四字到三字。

[①] "化三千,七十二"指的是孔子。据史书记载,孔子一生教导了三千多学生,但有名字记录流传的,大概有七十余位。

[②] "罗"字的繁体字为"羅"。

又把三字说分明,三字中间添一竖。
请问哥哥什么字?
(主人答:"王"字)
王母蟠桃会八仙,唱了三字到二字。
又把二字说分明,二字中间添一竖。
请问哥哥什么字?
(主人答:"干"字)
干将①制剑锋又利,唱了二字到一字。
又把一字说分明,一字中间添一竖。
请问哥哥什么字?
(主人答:"十"字)
十家官员管万民,小弟数完十字转。
倒转还要等主人,主人传来客人倒。
大家玩耍到天明!

主唱:

一家人来七家亲,两姓和好结为婚。
三员出府观美景,四方亲戚喜盈盈。
五福临门多吉庆,六位高升为大臣。
七夕牛郎会织女,八仙过海显神通。
九九重阳来相会,十家官员在京城。
我今唱到十字转,唯望先生解分明。
开口先把十来唱,要唱二十古人名。
一首诗来一个字,不许差错半毫分。
若是何人唱错了,八杯美酒敬才人。

---

① "干将",是春秋末期著名的铸剑师,相传为吴国人,与欧冶子同师,善于铸造兵器,曾为吴王阖闾铸剑。

客唱：①

你今唱完我接上，等小弟我说分明。
玉连昔日去投京，仁宗封他为先行②。
统领十万人和马，何愁江山不太平。
唱了十字到九字，来把九字解分明。
从前山伯与祝英，姻缘要隔九百春。
九月瓦上寒霜起，一家团聚在京城。
唱了九字到八字，又把八字解分明。
王文进京去考文，云唐送他路上行。
离别留下诗八首，丢下美名到如今。
唱了八字到七字，又把七字解分明。
有个佑天姓徐人，离别妻子玉翠英。
夫妻离别十七年，团圆之时认不清。
唱了七字到六字，又把六字说分明。
高丽大将盖苏文③，统兵四六围府城。
好个将帅薛仁贵，独马单枪打进城。
唱了六字到五字，又把五字解分明。
乾隆街上去卖身，既定卖作四锭银。
五月初一去取货，有缘遇着桃三春。
唱了五字到四字，又把四字解分明。
文榜状元四万名，来到庄前算子评。
未知凤凰来引路，摆手不见苏叶英。
唱了四字到三字，又把三字解分明。
丁山④下山到京城，封他状元⑤出京城。

---

① 该首歌根据演义小说编唱。
② "先行"，指先行官，戏曲小说中指指挥先头部队的将官。
③ 盖苏文的原型是高句丽末期大将渊盖苏文。
④ "丁山"，指演义小说里的人物薛丁山，因"山"与"三"谐音，故用"山"来指代"三"。
⑤ 薛丁山被加封为"龙虎状元"。

路上遥遥来救驾,遇着仙童①献神珠。
唱了三字到二字,又把二字说分明。
解晋年满十二春,统兵来救姐姐身。
就以新军来交战,七月七日定输赢。
唱了二字到一字,又把一字说分明。
一番心意莫辜负,团圆之时在京城。
姻缘本是天注定,天长地久见人心。
周不周来全不全,这首歌是老人传。
若是哪句唱错了,三亲六戚把错纠。
全不全来周不周,从一到十老人留。
本来不会十字歌,根据传统莫要丢。

---

① "仙童",指演义小说人物里的窦仙童,大唐征西将领。

第十章　酒令

　　酒令是布依族婚宴上的一种助兴游戏，饮酒行令前，主人须推举一人为令官，余者听令轮流说诗词、联语或其他类似游戏，违令者或负者罚饮。布依族酒令包括请官、发令头、收令尾、各择令（拆字）、贺童生等。朗诵酒令时，必须口齿清楚，通畅流利。

请　官

主唱：

大人进了州府城，八抬大轿抬进门。
麾幢并排往前走，文武百官在后行。

客唱：

众人呼唤我为官，但是心中无把握。
肚无墨水休见笑，拿起酒杯把话说。

主唱：

大人进了府衙门，文武百官站两层。
千兵万马前来贺，恭贺大人坐朝廷。

客唱：

从小到大没读书，不知书内有何物。
早知书内黄金贵，叫我当官费工夫。

主唱：

大人头顶乌纱帽，桃之夭夭穿龙袍。

千兵万马前来贺，天时地利转回朝。

客唱：

从小到大没读书，不知书内有何物。
砍柴割草我会做，叫我做官哪个服？

主唱：

好似星君下凡坐，腾云驾雾坐朝廷。
大小今日来赴考，有名有功掌乾坤。

客唱：

从来没进学堂门，一二三四数不清。
一个大字不识认，如何叫我管万民？

主唱：

八月十五进考场，两人一路上学堂。
今年你已得官做，人不同命各一方。

客唱：

叫我做官万不能，秀才无假漆无真。
除了诗书礼之外，一无是处是书生。

主唱：

这位大人好面容，好比金銮殿双龙。
看你模样富贵相，鼻子高高大不同。

客唱：

文秀才来武秀才，承蒙先生把我抬。
陡壁悬崖坐不稳，风起云涌滚下来。

主唱：

敬君双杯福寿酒，喝完一醉解千愁。
龙头龙脑难得比，与君同上凤凰楼。

客唱：

叫我当官真不行，背着柴刀上山林。
砍柴割草我在行，叫我当官万不能。

主唱：
　　大人文章天下扬，庆贺大人坐高堂。
　　今日大人来点考，敬杯淡酒大人尝。

客唱：
　　主人呼唤我为官，才疏学浅不敢当。
　　口才礼仪都不会，何以叫我来当官？

主唱：
　　高官坐在府衙门，锣鼓喧天绕府城。
　　两旁都是龙凤柱，一对狮子守大门。

客唱：
　　读书都是斯文人，听得五经读书声。
　　习得四书练才能，十年寒窗中举人。

主唱：
　　满肚文章好秀才，百姓有事等你来。
　　朝中只有你高贵，大事小事你安排。

客唱：
　　童子年年长，龙门日日升。
　　家无读书子，官从何处来？

主唱：
　　不要推来不要推，桃源结义有张飞。
　　桃源结义三兄弟，哪有弟兄把官推？

客唱：
　　我不行来真不行，朝中还有许多人。
　　功劳苦劳无半点，为何让我当大人？

主唱：
　　大人莫把我们骗，开口说话是文言。
　　满肚文采你不用，枉自为人在世间。

客唱：

> 小弟苦处说不完，硬要强迫我当官。
> 肚无墨水嘴又笨，叫我如何做高官？

主唱：

> 你是云南来的官，脚踏整座紫金山。
> 拿把银壶交给你，你在朝中好做官。

客唱：

> 一杯美酒绿茵茵，我在桌上笑盈盈。
> 幸得大家来庆贺，双手端着进衙门。

主唱：

> 寒窗苦读数十春，才把铁棒磨成针。
> 好比龙王在东海，新官上任有功名。

客唱：

> 众人呼唤我为官，心无主张也难当。
> 心中无底又无数，好比云南隔四川。

发 令 头[①]

令行，令行，头上有一人。
君王来问令，令字诫众人。
一字二句三风水，四季发财五魁首。
六六大顺七个巧，每人斟酒手勿抖。
如珍珠，似玛瑙，任何一人不准走。
何人触犯酒司令，罚他八杯神仙酒。

---

① 令头均由大人诵，发完令头即开始发令。

收令尾[1]

上大人，孔乙己；[2]金杯过，从头起。

君子有大道，[3]要把《大学》读到老。

君子而时中，[4]要把《中庸》说得通。

人一能之己百之，人十能之己千之。

说得过，推杯过；说不过，不要躲。

罚他四杯不为过！

各择令（拆字）

四书令[5]

四季常青是棵棕，有翅无毛是马蜂。

振翅飞到天空去，有个古人姜太公。

尝闻四书曰：久矣吾不复梦见周公[6]。

四季常青是桫椤，有翅无毛是飞蛾。

双翅腾飞空中转，遇着古人黄道婆。

尝闻四书曰：知和而和[7]。

四季常青是竹子，有翅无毛是蚊子。

展翅飞到空中去，叫个古人韩湘子。

---

[1] 令行结束，由令官收令尾。
[2] 旧时学童入学，教师多写"上大人，孔乙己，化三千，七十二"等语，供描红习字之用。取其笔画简单，便于学童诵读习写。
[3] 出自《大学》："是故君子有大道，必忠信以得之，骄泰以失之。"
[4] 出自《中庸》："君子中庸，小人反中庸，君子之中庸也，君子而时中；小人之中庸也，小人而无忌惮也。"
[5] "四书令"，是由"四季常青"的植物加上昆虫、古人名及四书的句子组合而成的一种酒令。类似的还有五带令、七带令。
[6] 出自《论语》："甚矣吾衰也！久矣吾不复梦见周公。"
[7] 出自《论语》："礼之用，和为贵；先王之道，斯为美。小大由之。有所不行：知和而和，不以礼节之，亦不可行也。"

尝闻四书曰：父父，子子①。

九三令②

凡为天下国家有九经，修身也。③
得天下英才而教育之，三乐也。④

字　令

千山万水入学堂，八月十五进考场。

乃是人间读书子，秀才中了状元郎。（秀）

终（中）日在学堂，一心念文章。

背（贝）书如流水，贵子状元郎。（贵）

主人不在家，月下去观花。

言少话不多，请来吃杯茶。（请）

千字不像千，八字排两边。

子女把田种，季节要记全。（季）

立栋书房喜洋洋，木匠看见来帮忙。

见是秀才真贵子，亲自考取状元郎。（亲）

氏字头上停，女字旁边行。

日字来打底，婚姻喜盈盈。（婚）

木竹山上生，目视无数层。

心中还在想，想要做花灯。（想）

八位神仙到你家，首次来斟一杯茶。

之家仁义又贤惠，道德不断显荣华。（道）

---

① 出自《论语·颜渊》："齐景公问政于孔子。孔子对曰：'君君，臣臣，父父，子子。'"
② "九三令"，是指在引用四书的句子时，必须是前半句九个字，后半句三个字。
③ 出自《中庸》："凡为天下国家有九经，曰：修身也，尊贤也，亲亲也，敬大臣也，体群臣也，子庶民也，来百工也，柔远人也，怀诸侯也。"
④ 出自《孟子》："君子有三乐，而王天下不与存焉。父母俱存，兄弟无故，一乐也。仰不愧于天，俯不怍于人，二乐也。得天下英才而教育之，三乐也。君子有三乐，而王天下不与存焉。"

人情虽好酒要斟，一人独饮到五更。

土地三百都不要，全心全意坐京城。（全）

十月原是小阳春，早读诗书进朝廷。

学堂月月考学子，朝中大人为子民。（朝）

十万兵马下长江，八月十五进考场。

子弟一人学得好，李姓才中状元郎。（李）

八月十五要入朝，王母娘娘吃蟠桃。

大人出题把试考，美人要过仙人桥。（美）

口念金刚经，一心去修行。

日月千年在，昌字显神灵。（昌）

佳人生得好，一心要去讨。

口说财礼重，合得八字好。（合）

九同令①

人之初，人不学，人所饲，

人所食，人称奇，人遗子，

人之伦，人所同，人所问。

视思明，听思聪，色思温，

貌思恭，言思忠，事思敬，

疑思问，忿思难，祭思敬。

四句令②

生于忧患，害于其政，

法于阴阳，害于其事。

---

① "九同令"，是从四书里选九个都带有同一个字的句子来诵令。
② "四句令"，是从四书里选均带有同一个字的四个字的句子来诵令。

必得其位,必得其禄,

必得其名,必得其寿。

劳而不怨,欲而不贪,

泰而不骄,威而不猛。

生之者众,食之者寡,

为之者疾,用之者舒。

数词令①

一土宇,二十传,

三百载,四百年,

五霸强,六百载,

七雄出,八百载,

九十年,十而百。

学而令②

学而第一,为政第二,

八佾第三,里仁第四,

公长第五,雍也第六,

述而第七,泰伯第八,

子罕第九,乡党第十。

绕口令

高高山上一条藤,藤条头上挂铜铃,

风吹藤动铜铃动,风停藤停铜铃停。

---

① "数词令",是从四书里找出带数字的句子,并从一到十数出来。
② "学而令",是将《论语》从一到十的篇名顺序数出来。

进学堂令

此在万丈高楼房,小小童生进学堂。
两手推开两扇窗,月亮十五照进房。
斟杯酒,敬何人?应当礼敬客人们。

暗　令

壶!壶!壶!
有就说有,无就说无。
无不要说有,有不要说无。
有说无,罚一杯;无说有,罚两杯。
水塘干了露一半,一个螺蛳往前蹿。
何人绊我羚羊脚,罚他浓酒四杯半。

贺　童　生

童生:

大人题目比天高,个个难得把头挠。
众位童生答不上,枉费大人把心操。

大人:

天子重英豪,文章教尔曹。
万般皆下品,唯有读书高。①

童生:

大人题目实在多,一天叫我考三科。
出个题目深奥了,答不上来望两侧。

大人:

翩翩少年郎,骑马上学堂。

---

① 出自宋代汪洙的《神童诗》。

先生嫌你小,肚内有文章。①

童生:

大人题目难又多,众位童生不会做。
没有哪个考得上,害得我等受折磨。

大人:

从小读书不认真,皆知书内有黄金。
自古书内黄金贵,谁不读书至五更。

童生:

大人题目实在深,考我四书与五经。
千万学生来应考,中了一名进朝廷。

大人:

小儿不知读书好,虚度光阴少年时。
黑发不知勤学早,白发方悔读书迟。②

童生:

大人题目实在高,牛郎织女搭鹊桥。
何人能把龙门越,脱了蓝衫换紫袍。

大人:

小时读书不爱来,求学难上凤凰台。
紫色玉带乌纱帽,悬梁刺股才得来。

童生:

重重叠叠上瑶台,几度呼童扫不开。③
重阳过了九月九,感谢高官教成才。

大人:

好文才来好文才,年方十五读书来。

---

① 这是一首流传于江南一带的童谣。
② 出自唐代诗人颜真卿的《劝学》:"三更灯火五更鸡,正是男儿读书时。黑发不知勤学早,白首方悔读书迟。"
③ 出自宋代诗人苏轼的《花影》:"重重叠叠上瑶台,几度呼童扫不开。刚被太阳收拾去,却教明月送将来。"

读书三年成孟子，不中举人中秀才。

童生：

老大人来老大人，你的题目有学问。
字字句句安天下，盖过前朝孔圣人。

大人：

府上弟兄有才能，学富五车皆能人。
先生教导讲礼仪，家传仁字值千金。

童生：

日落西山月上来，爹娘骂我不成才。
待我三年并五载，不中举人中秀才。

大人：

要做高官也不难，只为功名不为钱。
上京赶考来及第，点为头名是状元。

童生：

主考大人在朝中，对待学子无不同。
众位童生来祝贺，奉请大人坐朝中。

大人：

一杯去了二杯来，霜打梅花冬日开。
只有梅花开得好，隔年打扮等春来。

童生：

大人要让我为官，才疏学浅实在难。
承蒙大人栽培我，接过试卷把衣掸。

篇四　元宝

第一章　背小九九①

　　凑元宝前，在席就座的都分别要背"小九九"。每人轮流背诵三次。第一次用汉语从一数到九，又从九倒数到一；第二次用布依语背；第三次用汉语和布依语同时背，先用汉语，再用布依语。背诵时不能出错，错即罚酒。

　　一。
　　一一。
　　一二，二一。
　　一二三，三二一。
　　一二三四，四三二一。
　　一二三四五，五四三二一。
　　一二三四五六，六五四三二一。
　　一二三四五六七，七六五四三二一。
　　一二三四五六七八，八七六五四三二一。
　　一二三四五六七八九，九八七六五四三二一。

　　一二三四五六七八九，九八七六五四三二一。
　　一二三四五六七八，八七六五四三二一。
　　一二三四五六七，七六五四三二一。

---

① 民间古诀句游戏，即从一数到十，又从十数到一，与九九乘法口诀有所区别。

一二三四五六,六五四三二一。
一二三四五,五四三二一。
一二三四,四三二一。
一二三,三二一。
一二,二一。
一一。
一。

第二章　凑元宝①

　　凑元宝是在正席之日的午夜进行。席桌是用三张大桌拼成长形桌，一般十八至二十二人一桌，男客、主各一半。将五个马蹄杯倒扣在一个大碟子里，盖上一张手帕，表示"元宝"。用另一个碟子，放上两个酒杯，斟上酒，加一把酒壶，三样东西同时在桌上推移。宝在前，碟在中，酒壶在后。凑元宝前，按酒令方式先任官。凑元宝中的银两数，只能用"小"和"中"为记数单位。"三"为一小，"五"为一中，把数时三"中"打转，"小"数不拘。先说"小"，后说"中"。例如宝壶，杯移到第八十三次位时，这人要在六秒钟内说："请大家看，我喝二十六'小'一'中'。"官人要中速朗念："1、2、3、4、5、6，吹"。念到"吹"字时，尚未回答，或说错了则罚酒两杯，再往下推移。被罚酒者，不能算次位。"元宝"推移中，凡遇十数人次，则喝酒记数。如遇六十人次位，此人则要连喝六杯酒。如果你酒量不大，就要请同伴帮忙喝。"元宝"推移到一百人次为止。

　　　　一不成（1），二不成（2）。
　　　　三一小（3），四不成（4）。
　　　　五一中（5），六二小（6）。
　　　　七不成（7），八一小一中（8）。

---

① "元宝"，是中国旧时钱币的一种名称。因唐代铸造的"开元通宝"而得名。唐、宋两代铸造较多。"元宝"二字前常常冠以年号、朝代等，铸于币面。中国旧时铸马蹄形的金银锭亦称元宝。金元宝一般供保藏，极少流通。银元宝亦称"宝银""马蹄银"作货币流通。

九三小（9），十记数（10）。

二小一中（11），四小（12）。

一小二中（13），三小一中（14）。

五小（15），二小二中（16）。

四小一中（17），一小三中（18）。

三小二中（19），二十记数（20）。

二小三中（21），四小二中（22）。

六小一中（23），三小三中（24）。

五小二中（25），七小一中（26）。

四小三中（27），六小二中（28）。

八小一中（29），三十记数（30）。

七小二中（31），九小一中（32）。

六小三中（33），八小二中（34）。

十小一中（35），七小三中（36）。

九小二中（37），十一小一中（38）。

八小三中（39），四十记数（40）。

十二小一中（41），九小三中（42）。

十一小二中（43），十三小一中（44）。

十小三中（45），十二小二中（46）。

十四小一中（47），十一小三中（48）。

十三小二中（49），五十记数（50）。

十二小三中（51），十四小二中（52）。

十六小一中（53），十三小三中（54）。

十五小二中（55），十七小一中（56）。

十四小三中（57），十六小二中（58）。

十八小一中（59），六十记数（60）。

十七小二中（61），十九小一中（62）。

十六小三中（63），十八小二中（64）。

二十小一中（65），十七小三中（66）。

十九小二中（67），二十一小一中（68）。

十八小三中（69），七十记数（70）。

二十二小一中（71），十九小三中（72）。

二十一小二中（73），二十三小一中（74）。

二十小三中（75），二十二小二中（76）。

二十四小一中（77），二十一小三中（78）。

二十三小二中（79），八十记数（80）。

二十二小三中（81），二十四小二中（82）。

二十六小一中（83），二十三小三中（84）。

二十五小二中（85），二十七小一中（86）。

二十四小三中（87），二十六小二中（88）。

二十八小一中（89），九十记数（90）。

二十七小二中（91），二十九小一中（92）。

二十六小三中（93），二十八小二中（94）。

三十小一中（95），二十七小三中（96）。

二十九小二中（97），三十一小一中（98）。

二十八小三中（99），一百两记数（100）。

第三章 呼百两①

　　"呼百两"，席上首先客官颂第一首，接着逐人各编一首和之。编词中，每首必须有四句，每句五个字。第一句和第二句是单纯数字，第三句是两数乘数，第四句是两数相加。四句数之和为一百，前后押韵。

　　　　前头三十三，后头三十三；
　　　　三七二十一，七六一十三。

　　　　前头三十五，后头三十五；
　　　　三五一十五，七八一十五。

　　　　前头三十三，后头三十二；
　　　　三八二十四，六五一十一。

　　　　前头三十一，后头三十一；
　　　　三九二十七，六五一十一。

　　　　前头二十五，后头二十五；
　　　　五七三十五，九六一十五。

---

① "呼百两"是民间的一种娱乐游戏。其游戏方式为主客对答，即第一、二句为单纯数字，第三句为乘数，第四句为两数相加。四句数之和为一百，即称为"呼百两"。

第四章　拴宝脚

夜宴上,女方家要邀请男方家一位德高望重的长者坐上席,并斟上四杯酒放在盘子中,端敬这位老人。与此同时,客、主齐唱"拴宝脚"歌祝福老人,老人把四杯酒喝完后,掏出银钱放在盘子里。此习俗称为"拴宝脚"。

宾主齐唱:
  老人家啊老人家,上穿绫罗下穿纱;
  抬把椅子当堂坐,教子读书不会差。
  老人们啊老人们,上穿绫罗下穿裙;
  抬把椅子当堂坐,教子读书臣与君。
  老人家啊老人家,一口胡子茂如松;
  抬把椅子当堂坐,教子读书要用功。
  老人们啊老人们,一口胡子白如银;
  抬把椅子当堂坐,教子读书进朝廷。

第五章 打元宝

"元宝"碟轮转推移，客、主合唱，从一两（银）唱到十两，边唱边推，推到哪个人的面前，那个人就要把钱丢在"宝碟"内，否则下一个人不接元宝。

一打元宝一百两，
嘛声声，
是声是声声呀！
元宝打送哪家去？
元宝打送主家门。
叮是叮，
当是当，
主人呀！
发财哟哟嗬喂！
万万春嘛哟哟喂！

二打元宝二百两，
嘛声声，
是声是声声呀！
元宝打送哪家去？
元宝打送主家门。
叮是叮，

当是当,

主人呀!

发财哟哟嚛喂!

万万春嘛哟哟喂!

三打元宝三百两,

嘛声声,

是声是声声呀!

元宝打送哪家去?

元宝打送主家门。

叮是叮,

当是当,

主人呀!

发财哟哟嚛喂!

万万春嘛哟哟喂!

四打元宝四百两,

嘛声声,

是声是声声呀!

元宝打送哪家去?

元宝打送主家门。

叮是叮,

当是当,

主人呀!

发财哟哟嚛喂!

万万春嘛哟哟喂!

五打元宝五百两,

嘛声声,
是声是声声呀!
元宝打送哪家去?
元宝打送主家门。
叮是叮,
当是当,
主人呀!
发财哟哟嗬喂!
万万春嘛哟哟喂!

六打元宝六百两,
嘛声声,
是声是声声呀!
元宝打送哪家去?
元宝打送主家门。
叮是叮,
当是当,
主人呀!
发财哟哟嗬喂!
万万春嘛哟哟喂!

七打元宝七百两,
嘛声声,
是声是声声呀!
元宝打送哪家去?
元宝打送主家门。
叮是叮,
当是当,

主人呀!
发财哟哟嗬喂!
万万春嘛哟哟喂!

八打元宝八百两,
嘛声声,
是声是声声呀!
元宝打送哪家去?
元宝打送主家门。
叮是叮,
当是当,
主人呀!
发财哟哟嗬喂!
万万春嘛哟哟喂!

九打元宝九百两,
嘛声声,
是声是声声呀!
元宝打送哪家去?
元宝打送主家门。
叮是叮,
当是当,
主人呀!
发财哟哟嗬喂!
万万春嘛哟哟喂!

十打元宝十百两,
嘛声声,

是声是声声呀!
元宝打送哪家去?
元宝打送主家门。
叮是叮,
当是当,
主人呀!
发财哟哟嗬喂!
万万春嘛哟哟喂!

第六章　送元宝

"送元宝"歌由客、主齐唱，寓意所有人为主家送来"元宝"；主家今后财源广进。"送元宝"歌须从一唱到十，每段唱词只有第一句的数字变，其他内容均不变。

一送元宝一百两，金生银生。
南京到北京，北京转回城。
大马游街过，小马转回城。
你为哪家送金银？我给主家送金银。
叮零零啊叮，当啷啷啊当！
叮零零啊当啷啷，是财神来送金银！
主人呀发财嘛哟哟喂！万万春嘛哟哟嗬喂！

二送元宝二百两，金生银生。
南京到北京，北京转回城。
大马游街过，小马转回城。
你为哪家送金银？我给主家送金银。
叮零零啊叮，当啷啷啊当！
叮零零啊当啷啷，是财神来送金银！
主人呀发财嘛哟哟喂！万万春嘛哟哟嗬喂！

三送元宝三百两，金生银生。

南京到北京,北京转回城。

大马游街过,小马转回城。

你为哪家送金银?我给主家送金银。

叮零零啊叮,当啷啷啊当!

叮零零啊当啷啷,是财神来送金银!

主人呀发财嘛哟哟喂!万万春嘛哟哟嗬喂!

四送元宝四百两,金生银生。

南京到北京,北京转回城。

大马游街过,小马转回城。

你为哪家送金银?我给主家送金银。

叮零零啊叮,当啷啷啊当!

叮零零啊当啷啷,是财神来送金银!

主人呀发财嘛哟哟喂!万万春嘛哟哟嗬喂!

五送元宝五百两,金生银生。

南京到北京,北京转回城。

大马游街过,小马转回城。

你为哪家送金银?我给主家送金银。

叮零零啊叮,当啷啷啊当!

叮零零啊当啷啷,是财神来送金银!

主人呀发财嘛哟哟喂!万万春嘛哟哟嗬喂!

六送元宝六百两,金生银生。

南京到北京,北京转回城。

大马游街过,小马转回城。

你为哪家送金银?我给主家送金银。

叮零零啊叮,当啷啷啊当!

叮零零啊当啷啷,是财神来送金银!

主人呀发财嘛哟哟喂!万万春嘛哟哟嗬喂!

七送元宝七百两,金生银生。

南京到北京,北京转回城。

大马游街过,小马转回城。

你为哪家送金银?我给主家送金银。

叮零零啊叮,当啷啷啊当!

叮零零啊当啷啷,是财神来送金银!

主人呀发财嘛哟哟喂!万万春嘛哟哟嗬喂!

八送元宝八百两,金生银生。

南京到北京,北京转回城。

大马游街过,小马转回城。

你为哪家送金银?我给主家送金银。

叮零零啊叮,当啷啷啊当!

叮零零啊当啷啷,是财神来送金银!

主人呀发财嘛哟哟喂!万万春嘛哟哟嗬喂!

九送元宝九百两,金生银生。

南京到北京,北京转回城。

大马游街过,小马转回城。

你为哪家送金银?我给主家送金银。

叮零零啊叮,当啷啷啊当!

叮零零啊当啷啷,是财神来送金银!

主人呀发财嘛哟哟喂!万万春嘛哟哟嗬喂!

十送元宝一千两,金生银生。

南京到北京,北京转回城。

大马游街过,小马转回城。

你为哪家送金银?我给主家送金银。

叮零零啊叮,当啷啷啊当!

叮零零啊当啷啷,是财神来送金银!

主人呀发财嘛哟哟喂!万万春嘛哟哟嗬喂!

第七章　贺元宝

客、主齐唱，从一到十，恭贺主人家发财发富。

一贺元宝宝箱开，二贺元宝滚进来。
三贺元宝金鸡叫，四贺元宝天亮来。
五贺元宝登科早，六贺元宝出秀才。
七贺元宝七姊妹，八贺元宝仙送来。
九贺元宝久长在，十贺元宝明年来。
元宝送到主家去，一年四季大发财。

第八章 接元宝

唱完"送元宝"歌后,接下来要唱"接元宝"歌。"接元宝"歌亦是客、主齐唱,从一唱到十。唱词如下:

一接元宝一百两嘛,二接元宝二百两嘛。
三接元宝三百两嘛,四接元宝四百两嘛。
五接元宝五百两嘛,六接元宝六百两嘛。
七接元宝七百两嘛,八接元宝八百两嘛。
九接元宝九百两嘛,十接元宝十百两嘛。
先生你识字,先生笑呵呵!
你送元宝哪家去?我接元宝这家来。
叮零零啊叮,当啷啷啊当!
多谢先生送元宝来!

第九章　跑马拳

"跑马拳"是酒令的一种,即划拳(猜拳)。"跑马拳"即一人"坐庄"与众人轮流划拳。一般由一男子(跑马者)引头,官请客是。引头的人只喊头句,不伸手,第二个人回答说是,亦不伸手,第三个人回答说是并可伸手,一字一喊,字字要清。在双方划拳的过程中,同桌参与划拳的人一定要眼观每个人的胜负情况,如有人已输或赢则不必出拳,否则要喝罚酒。没有决出胜负时如不出手也要喝罚酒,喊中时输者立即喝酒。行"跑马拳"的人中途不管胜负都要将令行至最后一人,其间见错抓错,错即喝罚酒。"当马头"或"拉马尾"也要喝酒。跑马者与最后一人决出胜负,则算跑马成功。

令为:

一。
二。
三。
四。
五。
六。
七。
八。
九。
十。

篇五 放客

第一章　谢主

在婚宴结束的那天，送亲队伍吃了早饭后就要离去，客人要请主人开财门。客人将出大门之前，主人把一张小桌放在大门前拦住客人，桌上放有一壶酒、四个酒杯、四个碟子。四个碟子分别代表"地""久""天""长"。客人走到桌边，把那四个碟子的顺序排好，接着唱"谢主"歌，唱完才能走出门外。

客唱：

主家财门四季开，天官赐福送财来。
一开财门天地动，二开财门日月新。
三开财门金鸡叫，四开财门凤凰声。
五开财门皇登殿，六开财门状元郎。
七开财门翰林院，八开财门都督升。
九开天长与地久，十开地久与天长。
自从今日开过后，富贵荣华万年春。

客白：

恭喜！恭喜！元宝层层摞起。
喝不完的海水，饮不完的泉水。

第二章　骑马词[1]

以前山高路远，婚宴结束后客人就要离去了，放客时，主人会为前来送亲的客人准备回程的马匹。当送亲队伍的小伙子们骑上马后，客人将提前准备好的马料拿出来喂马，并将事先准备好的铜钱丢进料槽里，引围观的稚童去哄抢料槽里的铜钱，场面十分热闹。现在布依族地区举行"骑马仪式"时，不用马，而是用两条长凳代作"马"。

客白：

混沌初开有八仙，一对龙马排两边。

哪样马？天上玉皇马。

哪样鞍？天上玉金鞍。

一挥鞭，飞过九层山。

登泰山而小天下，[2] 这匹马儿高又大。

乘肥马，衣轻裘，[3] 客人去了主人留。

马儿驰骋铜铃响，客人骑上转回乡。

---

[1] 本文资料提供和演唱者：卢启国，男，1941年10月生，贵阳市乌当区羊昌镇羊皮寨，曾任乌当区羊昌镇副镇长、党政办主任。布依族婚礼夜宴歌传承人。班正秀，女，1973年11月生，乌当区羊昌镇黄连村大寨组村民。布依族婚礼夜宴歌歌手。

[2] 出自《孟子》："孔子登东山而小鲁，登泰山而小天下。故观于海者难为水，游于圣人之门者难为言。观水有术，必观其澜。日月有明，容光必照焉。流水之为物也，不盈科不行；君子之志于道也，不成章不达。"

[3] 出自《论语》："赤之适齐也，乘肥马，衣轻裘。吾闻之也，君子周急不继富。"

客白：

　　一匹马儿大又肥，主人牵来送我回。

　　好匹军驿马，主家牵来客骑到家。

　　好个金马鞍，骑上马背过万重山。

客白：

　　来得不早也不迟，正是主家放客时。

　　不说放客人不知，说起放客有根由。

　　马是金银马，鞍是金银鞍。

　　一脚蹬上鞍，二脚踏回程。

　　放客已毕，上上大吉！

附：布依族婚礼长歌来历的传说

相传，在明弘治年间，有一个名叫罗贤儒的布依族青年，他勤奋好学，品德高尚。那年朝廷要招考有识之士，他便上京赴考并考中了进士。皇上派差人张龙、赵虎拿着喜报，到乌当区新堡乡铜鼓坡万山丛中的罗家大寨报喜。两个差人在弯弯曲曲的山路上爬了一坡又一坡，走得腰酸背痛。赵虎说："龙兄，我看这喜报八成是写错了，这深山老林怎么可能出得了进士？"张龙点点头说："老弟，我也是这样想的，这罗贤儒的功名，说不定是用山里头挖出来的银子向主考官买来的。山里头住的都是仲家（布依族），扁担长的一字都认不得，怎么可能考中进士？"交谈中两人走过马头寨和水头寨，来到了罗家大寨。罗家大寨的人听说皇上差人来送喜报，罗家人考取进士了，高兴得跳了起来。后生们便敲锣打鼓，向四面八方报信。不到天黑，四乡八寨的亲戚都会集到罗贤儒家。人们来到堂上发现两个差人横眉怒目地坐在那里，好像别人欠了他们什么似的，让前来贺喜的人觉得十分扫兴。贺喜的人中有两个胆大的年轻人，一个叫千山、一个叫万氏，都是地地道道的仲家，他们看张龙、赵虎这副嘴脸，非常生气，便找寨老商量说："莫非这报喜有假，还是说瞧不起我们这些山里人？好嘛，我们来和他们比比学问，我们举办酒席，来个比拼，让他们看看我们读没读过四书五经？"寨老同意了二人的提议，于是便吩咐年轻人做准备。

到了第二天晚上，罗家大寨张灯结彩，唢呐嘹亮，锣鼓齐鸣。人们在罗贤儒家的堂屋摆好桌子，十几张桌子一直摆到院坝、街边，桌上摆满佳肴，还摆了几碟新鲜果品。先来到的千山和万氏故意走到张龙和赵虎面前拱手作揖，表示想要向张龙、赵虎虚心请教。千山拱手说："鄙人身居草地，胡诌几句诗文，二位莫要见笑。乡下人常常说：闲来读书过三秋，自己学来自己修。多行礼仪不为过，君子手段又如何？"张龙一听，一句都答不上来，只得闭口不言。赵虎说："这位老哥，君子手断（段）好办，京城有位好医师，接骨的功夫相当好。"众人一听哈哈大笑。张龙捅了一下赵虎的胳膊，悄悄说："兄弟不要乱搭嘴，我俩都是当差的，今天若出丑，丢的可是皇上的脸。"

摆好酒桌后，人们围席而坐，同时请张龙、赵虎坐上座。千山在席上说："我们今天吃夜宴，要盘学问，行酒令，我出题，每人吟诗一首，每首诗都要包含数字。说得出来就过路①，说不出来就罚酒。"张龙连忙说："这个使不得，我俩……"万氏插话说："二位官人，何必谦虚，京城中人肯定个个都是有学问的。"千山喝了一杯酒，便率先吟诗一首："一去二三里，烟村四五家；亭台六七座，八九十枝花。"说完端酒递给旁边的万氏。万氏不假思索地吟出一首带数字的诗，众人齐声说："好！好！好！过路。"万氏把酒杯递给赵虎，赵虎一见，吓出一身冷汗，回头向张龙求救道："这个……张哥帮我说几句吧。"张龙也慌了，回答说："兄弟，哥哥也是大老粗，帮不了忙。"

众人故意说："主人中举，吃夜宴图个吉利，二位不要谦虚啊。"千山立马说："两位官人，照我们这个地方的规矩，答不上来是要喝酒的，桌上有多少人，就要喝多少杯酒。"这时主人劝道："众位乡亲，两位官人第一次上山来到我们这儿，大家就不要为难官人了。"赵虎急忙接话说："对，上山是第一次，下海就多次了，海水是咸的。"大家一听又笑起来。张龙这时才明白事情的严重性，忙站起来赔罪道："众位乡亲，我二人今日是大错特错了。我们原来以为这穷乡僻壤，不会有舞文弄墨之人，今晚见了众位乡亲，才明白这个进士是假不了的。"话音刚落，双手高高把喜报举起，贴在朝门上，转身拱手说："恕罪！恕罪！"

众乡亲见差人道了歉，贴了喜报，这才高兴起来，又重新置酒，并

---

① 过路，方言，指"过""通过"。

席合桌。大家都十分高兴，不由得在酒桌上玩起了"行酒令""唱歌""贺元宝""拴宝脚""送元宝""接元宝"等游戏。从此，为了纪念这个日子，人们就开始在大喜之日，举办夜宴，在酒桌上行酒令、唱歌，通宵达旦。此习俗世代相传至今。

（卢启国口述）

后 记

2005年，一次偶然的机会，我在贵阳市乌当区羊昌镇黄连村听到了布依族民歌的歌调"三滴水""四平腔"后，深感布依族民歌内容丰富多彩，歌词生动淳朴，旋律委婉动听。那时的我刚参加工作不久，也正好想利用这段时间采集羊昌镇"布依族夜宴歌"这个市级非物质文化遗产的资料。

《布依族婚宴歌选》从收集资料开始，我就融入了当地浓郁的布依族乡情民风，近距离地感受几位布依族歌手的质朴善良与坚忍执着。我与他们交流对话，到他们家里做客聊天，听他们唱歌，收集到许多意料之外的资料，拍了许多照片。离开黄连村后，我用了几个周末的时间到附近的偏坡、新堡等地进行实地探访，对夜宴歌的传承人、婚礼主持人、迎送亲客、观众等做了一次贴近的寻访，收集、补充关于《布依族婚宴歌选》的相关资料。至此，算是在心里完成了一个提纲。

然而这些收集不齐全的资料却一直被搁置在电脑里、笔记本上，迟迟不敢动笔整理校勘。到了2022年，终于觉得这事不能再拖延了，于是鼓起勇气提起了笔。

饮水思源，牢记使命。在付梓之际，感谢已故恩师王蔚桦，是他的谆谆教诲让我明白："做自己的事，再大也是小事，做脚下这片土地的事，再小也是大事。"此书出版，也慰其在天之灵。

感谢中共乌当区委王鸣明书记的关心、爱护与支持，从全书的指导思想、基本原则到体例、章节安排、表述方式等都进行了具体指导，既严格要求又从实际出发，发现问题总以亲切平等的态度与我共同讨论，其言教和身教使我深受教益，进一步增强了我的事业心、责任心和使命感。这是这本书得以顺利完成的重要保证。

感谢贵州省布依学会副会长、贵阳市布依学会会长、贵阳学院教授周国茂先生。该书自始至终都得到了他悉心的指导，并由他写序，书的出版无不浸润着他的心血。周教授有着严谨的治学态度、敏锐的学术眼光、独到的学术视角、厚实的学术素养，是我学习的榜样，也是我努力的方向。

感谢贵州省民族古籍整理办公室全体同志，正是他们的远见卓识和对布依族文化的热爱，该书才得以面世，也是在他们的大力支持和帮助下，该书的立项、评审才成为可能。

感谢我所在的单位中共贵阳市乌当区委办公室，正是有了办公室领导和同事的关心与支持，该书才得以顺利出版。感谢乌当区民族宗教事务局和乌当区布依学会，特别是乌当区布依学会于2023年6月10日召开的关于该书的审稿会，集聚了周国茂、郭堂亮、陈秀英、罗英、郭文学、龙云启、卢国民、罗应赋、王立琪、李宪杰、陈满友、陈满富等众多热爱布依文化的精英人士。与会人员对书稿的不足之处提出了许多中肯的意见和建议，对本书的修改和调整起到了至关重要的作用。

感谢第一次带我深入黄连村采访的万丽萍女士，感谢"非遗"传承人卢启国、启仲祥、李益芬，还有歌手班正秀。感谢为本书提供了不少有价值的布依族婚俗图片的资深摄影人龚小勇、余正发、卢国民、胡晓蓉、韩德贵、刘萍等。

整理校勘没有最好，只有更好。本书从资料收集、整理、校勘到成书，从初稿到终稿，几经修改，但由于才疏学浅，尚有需要完善的地方，敬请各位专家、学者和广大读者批评指正。

郭　渊

2023年6月12日